台灣の讀者の皆さんへのコメント

海を越えて旅したことのない私の書いた小說が、
海を越えて多くの讀者の皆様のもとに届いていることを、
心から嬉しく思っています。
この作品も、どうぞお楽しみいただけますように！

致親愛的台灣讀者

從未出國旅行的我，
這次很高興自己寫的小說能跨海與許多讀者見面，
希望這部作品能帶給您無上的閱讀樂趣。

宮部みゆき

張秋明——譯

宮部美幸

繼父

宮部美幸

作品集／09
Miyabe Miyuki

繼父

Contents

宮部美幸的推理文學世界「增補版」

總導讀　傅博

日本當代國民作家宮部美幸

近年來在日本的雜誌上，偶爾會看到尊稱宮部美幸爲國民作家。怎樣才能榮獲這個名譽呢？好像沒有確切的答案，然而綜觀過去被尊稱爲國民作家的作家生涯便不難看出國民作家的共同特徵。

明治維新（一八六八年）一百多年以來，被尊稱爲國民作家的爲數不多，夏目漱石和吉川英治是最早期的國民作家。夏目漱石是純文學大師，其作品具大眾性，一九一六年逝世至今，已歷九十年，其作品在書店仍然可見，代表作有《我是貓》、《少爺》等等。吉川英治是大眾文學大師，其作品有濃厚的思想性，對二次大戰戰敗的日本國民發揮了鼓舞的作用，其著作等身，代表作有《宮本武藏》、《新・平家物語》等等。

屬於戰後世代的國民作家有松本清張和司馬遼太郎。松本清張是社會派推理文學大師，其寫作範圍十分廣泛，除了推理小說之外，對日本古代史研究、挖掘昭和史等，留下不可磨滅的貢獻。司馬遼太郎是歷史文學大師，早期創作時代小說，之後撰寫歷史小說和文化論。這兩位作家的共同特徵是，著作豐富、作品領域廣泛、質與量兼具。他們的思想對一九六〇年代後的日本文化發揮了影響力。

上述四位之外，日本推理小說之父江戶川亂步、時代小說大師山本周五郎，以及文學史上創作量最多、男女老少人人喜愛的赤川次郎也榮獲國民作家的尊稱。

綜觀以上的國民作家，其必備條件似乎是著作豐富、多傑作；作品具藝術性、思想性、社會性、娛樂性、普遍性；讀者不分男女，長期受到廣泛的老、中、青、少、勞動者以及知識分子的閱讀。

宮部美幸出道至今未滿二十年，共出版了四十三部作品，包括四十萬字以上的巨篇八部、長篇二十四部、中篇集四部、短篇集十三部，非小說類有繪本兩冊、隨筆一冊、對談集一冊。以平均每年出版兩冊的數量來說，在日本並非多產作家，但是令人佩服的是，其寫作題材廣泛、多樣，品質又高，幾乎沒有失敗之作。所獲得的文學獎與同世代作家相較，名列第一，該得的獎都拿光了。質的成功與量成比例，是宮部美幸文學的最大武器，也是獲得國民作家之稱的最大因素。

宮部美幸，本名矢部美幸，一九六〇年十二月二十三日生於東京都江東區深川。東京都立墨田川高中畢業之後，到速記學校學習速記，並在法律事務所上班，負責速記，吸收了很多法律知識。一九八四年四月起在講談社主辦的娛樂小說教室學習創作。

一九八七年，〈鄰人的犯罪〉獲第二十六屆《ＡＬＬ讀物》推理小說新人獎，〈鎌鼬〉獲第十二屆歷史文學獎佳作。一位新人，同年以不同領域的作品獲得兩種徵文比賽獎項實爲罕見。

前者是透過一名少年的觀點，以幽默輕鬆的筆調記述和舅舅、妹妹三人綁架小狗的計畫所引發的意外事件，是一篇以意外收場取勝的青春推理佳作，文風具有赤川次郎的味道。後者是以德川幕府時代的江戶（今東京）爲時空背景的時代推理小說。故事記述一名少女追查試刀殺人的凶手之經過，全篇洋溢懸疑、冒險的氣氛。

要認識一位作家的本質，最好的方法就是閱讀其全部的作品。當其著作豐厚，無暇全部閱讀時，則是先閱讀其處女作，因爲作家的原點就在處女作。以宮部美幸爲例，其作品裡的偵探，不管是系列偵探或個案偵探，很少是職業偵探，大多是基於好奇心，欲知發生在自己周遭的事件眞相，而做起偵探的業餘偵探，這些主角在推理小說是少年，在時代小說則是少女。其文體幽默輕鬆，故事收場不陰冷而十分溫馨，這些特徵在其雙線處女作之中已明顯呈現。

繼處女作之後的作品路線，即須視該作家的思維了；有的一生堅持一條主線，不改作風，只追求同一主題，日本的推理小說家大多屬於這種單線作家——解謎、冷硬、懸疑、冒險、犯罪等各有專職作家。

另一種作家就不單純了，嘗試各種領域的小說，屬於這種複線型的推理作家不多，宮部美幸即是罕見的複線型全方位推理作家。她發表不同領域的處女作——推理小說和時代小說——同時獲得肯定，登龍推理文壇之後，此雙線成爲宮部美幸的創作主軸。

一九八九年，宮部美幸以《魔術的耳語》獲得第二屆日本推理懸疑小說大獎，拓寬了創作路線，由此確立推理作家的地位，並成爲暢銷作家。

宮部美幸作品的三大系統

這次宮部美幸授權獨步文化出版社，發行台灣版《宮部美幸作品集》二十七部（二十三部中有四部分爲上下兩冊），筆者以這二十三部爲主，按其類型分別簡介如下。

要完整歸類全方位作家宮部美幸的作品實非易事，然其作品主題是推理則毋庸置疑。筆者綜合故事的時空背景以及現實與非現實的題材，將它分爲三大系統。第一類爲推理小說，第二類時代小說，第三類奇幻小說，而每系統可再依其內容細分爲幾種系列。

一、推理小說系統的作品

宮部美幸的出道與新本格派崛起（一九八七年）是同一時期，早期作品除可能受此影響之外，文體、人物設定、作品架構等，可就是受到赤川次郎的影響了。所以她早期的推理小說大多屬於青春解謎的推理小說；許多短篇沒有陰險的殺人事件登場，大多是以日常生活中的家庭糾紛爲主題，屬於日常之謎系列的推理小說不少。屬於本系列的有：

1.《鄰人的犯罪》（短篇集，一九九〇年一月出版）收錄處女作以及之後發表的青春推理短篇四篇。早期推理短篇的代表作。

2.《完美的藍——阿正事件簿之一》（長篇，一九八九年二月出版／獨步文化版．宮部美幸作品集01——以下只記集號）「元警犬系列」第一集。透過一隻退休警犬「阿正」的觀點，描述牠與現在的主人——蓮見偵探事務所調查員加代子——的辦案過程。故事是阿正和加代子找到離家出走的少年，在將少年帶回家的途中，目睹高中棒球明星球員（少年的哥哥）被潑汽油燒死的過程。在搜查過程中浮現的製藥公司的陰謀是什麼？「完美的藍」是藥品名。具社會派氣氛。

3.《阿正當家——阿正事件簿之二》（連作短篇集，一九九七年十一月出版／16）「元警犬系列」第二集。收錄〈動人心弦〉等五個短篇，在第五篇〈阿正的辯白〉裡，宮部美幸以事件委託人登場。

4.《這一夜，誰能安睡？》（長篇，一九九二年二月出版／06）「島崎俊彥系列」第一集。透過中學一年級生緒方雅男的觀點，記述與同學島崎俊彥一同調查一名股市投機商贈與雅男的母親五億圓後，接獲恐嚇電話、父親離家出走等事件的眞相，事件意外展開、溫馨收場。

5.《少年島崎不思議事件簿》（長篇，一九九五年五月出版／13）「島崎俊彥系列」第二集。在秋天的某個晚上，雅男和俊彥兩人參加白河公園的蟲鳴會，主要是因爲雅男想看所喜歡的工藤小姐一眼，但是到了公園門口，卻碰到殺人事件，被害人是工藤的表姊，於是兩人開始調查眞相，發現事件背後的賣春組織。具社會派氣氛。

6.《無止境的殺人》（長篇，一九九二年九月出版／08）將錢包擬人化，由十個錢包輪流講自己所見的主人行爲而構成一部解謎的推理小說。人的最大欲望是金錢，作者功力非凡，藉由放錢的錢包揭開十個不同的人格，而構成解謎之作，是一部由連作構成的異色作品。

7.《繼父》（連作短篇集，一九九三年三月出版／09）「繼父系列」第一集。一個行竊失風的小偷，摔落至一對十三歲雙胞胎兄弟家裡，這對兄弟的父母失和，留下孩子各自離家出走，於是兄弟倆要求小偷當他們的爸爸，否則就報警，將他送進監獄，小偷不得已，承諾兄弟倆當繼父。不久，在這奇妙的家庭裡，發生七件奇妙的事件，他們全力以赴解決這七件案件。典型的幽默推理小說集。

8.《寂寞獵人》（連作短篇集，一九九三年十月出版／11）「田邊書店系列」第一集。以第三人稱多觀點記述在田邊舊書店周遭所發生的與書有關的謎團六篇。各篇主題迥異，有命案、有日常之謎、有異常心理、有懸疑。解謎者是田邊舊書店店主岩永幸吉和孫子稔。文體幽默輕鬆，但是收場不一定明朗，有的很嚴肅。

9.《誰？》（長篇，二〇〇三年十一月出版／30）「杉村三郎系列」第一集。今多企業集團會長今多嘉親之司機梶田信夫被自行車撞死，信夫有兩個未出嫁的女兒，聰美與梨子。梨子向今多會長提議，要出版父親的傳記，以找出嫌犯。於是，今多要求在集團廣報室上班的女婿杉村三郎協助姊妹倆出書事務。聰美卻反對出書，杉村認爲兩姊妹不睦，藏有玄機，他深入調查，果然……

10.《無名毒》（長篇，二〇〇六年八月出版／31）「杉村三郎系列」第二集。今多企業集團廣報室臨時僱用的女職員原田泉與總編吵架，寄出一封黑函後，即告失蹤。原田的性格原來就稍有異常，今多會長要求杉村三郎調查眞相。杉村到處尋找原田的過程中，認識曾經調查過原田的私家偵探北見一郎，之後杉村在北見家裡遇到「隨機連環毒殺案」第四名犧牲者的孫女古屋美知香，於是捲入毒殺事件的漩渦中。杉村探案的特徵是，在今多會長叫他處理公務上的糾紛過程中，因其正義感使他去解決另外的事件。

以上十部可歸類爲解謎推理小說，而從文體和重要登場人物等來歸類則是屬於幽默推理、青春推理爲多。屬於這個系列的另有以下兩部。

11.《地下街之雨》（短篇集，一九九四年四月出版）。

12.《人質卡農》（短篇集，一九九六年一月出版）。

以下九部的題材、內容比較嚴肅，犯罪規模大，呈現作者的社會意識。有懸疑推理、有社會派推理、有報導文體的犯罪小說。

13.《魔術的耳語》（長篇，一九八九年十二月出版／02）獲第二屆日本推理懸疑小說大獎的社會派推理傑作。三起看似互不相干的年輕女性的死亡案件，和正在進行的第四起案件如何演變成連續殺人案。十六歲的少年日下守，爲了證實被逮捕的叔叔無罪，挑戰事件背後的魔術師的陰謀。宮部美幸早期代表作。

14.《Level 7》（長篇，一九九〇年九月出版／03）一對年輕男女在醒來之後失去記憶，手臂上被印上「Level 7」；一名高中女生在日記留下「到了 Level 7 會不會回不來」之後離奇失蹤。尋找自我的男女，和尋找失蹤女高中生的眞行寺悅子醫師相遇，一起追查 Level 7 的陰謀。兩個事件錯綜複雜，發展爲殺人事件。宮部後期的奇幻推理小說的先驅之作、早期代表作。

15.《獵捕史奈克》（長篇，一九九二年六月出版／07）持霰彈槍闖入大飯店婚宴的年輕女子關沼惠子、欲利用惠子所持的槍犯案的中年男子織口邦雄、欲阻止邦雄陰謀的青年佐倉修治、欲去探望臥病妻子的優柔寡斷的神谷尙之、承辦本案的黑澤洋次刑警，這群各有不同目的的人相互交錯，故事向金澤之地收束。是一部上乘的懸疑推理小說。

16.《火車》（長篇，一九九二年七月出版）榮獲第六屆山本周五郎獎。停職中的刑警本間俊介受親戚栗坂和也之託，尋找失蹤的未婚妻關根彰子，在尋人的過程中，發現信用卡破產猶如地獄般的現實社會，是一部揭發社會黑暗的社會派推理傑作，宮部第二期的代表作。

17.《理由》（長篇，一九九八年六月出版）二〇〇一年榮獲第一百二十屆直木獎和第十七屆日本冒險小說協會大獎。東京荒川區的超高大樓的四十樓發生全家四人被殺害的事件。然而這被殺的四人並非此宅的住戶，而這四人也不是同一家族，沒有任何血緣關係。他們爲何僞裝成家人一起生活？他們到底是什麼人？又想做什麼？重重的謎團讓事件複雜化，事件的眞相是什麼？一部報導文學形式的社會派推理傑作。宮部第二期的代表作。

18.《模仿犯》（百萬字長篇，二〇〇一年四月出版）同時榮獲第五十五屆每日出版文化獎特別獎，二〇〇二年同時榮獲第五屆司馬遼太郎獎和二〇〇一年度藝術選獎文部科學大臣獎文學部門獎。在公園的垃圾堆裡，同時發現女性的右手腕與一名失蹤女性的皮包，不久兇手打電話到電視公司和失主家中，果然在兇手所指示的地點發現已經化爲白骨的女性屍體，是利用電視新聞的劇場型犯罪。不久，表面上連續殺人案一起終結，之後卻意外展開新局面。是一部揭發現代社會問題的犯罪小說，宮部文學截至目前爲止的最高傑作，推理文學史上的不朽名著。

19.《R．P．G》（長篇，二〇〇一年八月出版／22）在食品公司上班的所田良介於杉並區的建築工地被刺死，在他的屍體上找到三天前在澀谷區被絞殺的大學女生今井直子身上所發現的同樣纖維，於是兩個轄區的警察組成共同搜查總部，而曾經在《模仿犯》登場的武上悅郎則與在《十字火焰》登場的石津知佳子連袂登場。是一部現今在網路上流行的虛擬家族遊戲爲主題的社會派推理小說。

宮部美幸的社會派推理作品尚有：

20.《東京下町殺人暮色》（原題《東京殺人暮色》，長篇，一九九〇年四月出版）。

21.《不需要回答》（短篇集，一九九一年十月出版／37）。

二、時代小說系統的作品

時代小說是與現代小說和推理小說鼎足而立的三大大眾文學。凡是以明治維新之前爲時代背景的小說，總稱爲時代小說或歷史・時代小說。

時代小說視其題材、登場人物、主題等再細分爲市井、人情、股旅（以浪子的流浪爲主題）、劍豪、歷史（以歷史上的實際人物爲主題）、忍法（以特殊功夫的武鬥爲主題）、捕物等小說。

捕物小說又稱捕物帳、捕物帖、捕者帳等，近年推理小說的範疇不斷擴大，將捕物小說稱爲時代推理小說，歸爲推理小說的子領域之一。捕物小說的創作形式是日本獨有，其起源比日本推理小說早六年。一九一七年，岡本綺堂（劇作家、劇評家、小說家）發表《半七捕物帳》的首篇作〈阿文的魂魄〉，是公認的捕物小說原點。

據作者回憶，執筆《半七捕物帳》的動機是要塑造日本的福爾摩斯——半七，同時欲將故事背景的江戶的人情和風物以小說形式留給後世。之後，很多作家模仿《半七捕物帳》的形式，創作了很多捕物小說。

由此可知，捕物小說與推理小說的不同之處是以江戶的人情、風物爲經，謎團、推理爲緯而構成的小說。因此，捕物小說分爲以人情、風物爲主，與謎團、推理取勝的兩個系統。前者的代表作是野村胡堂的《錢形平次捕物帳》，後者即以《半七捕物帳》爲代表。

宮部美幸的時代小說有十一部，大多屬於以人情、風物取勝的捕物小說。

22.《本所深川詭怪傳說》（連作短篇集，一九九一年四月出版／05）「茂七系列」第一集。榮獲第十三屆吉川英治文學新人獎。江戶的平民住宅區本所深川，有七件不可思議的事象，作者以此七事象爲題材，結合犯罪，構成七篇捕物小說。破案的是回向院捕吏茂七，但是他不是主角，每篇另有主角，大多是未滿二十歲的少女。以人情、風物取勝的時代推理佳作。

23.《幻色江戶曆》（連作短篇集，一九九四年八月出版／12）以江戶十二個月的風物詩爲題，結合犯罪、怪異構成十二篇故事。以人情、風物取勝的時代推理小說。

24.《最初物語》（連作短篇集，一九九五年七月出版，二〇〇一年六月出版珍藏版，增補一篇作品／21）「茂七系列」第二集。以茂七爲主角，記述七篇茂七與部下系吉和權三辦案的經過，作者在每篇另有記述與故事沒有直接關係的季節食物掌故，介紹江戶風物詩。人情、風物、謎團、推理並重的時代推理小說。

25.《顫動岩——通靈阿初捕物帳1》（長篇，一九九三年九月出版／10）「阿初系列」第一集。破案的主角是一名具有通靈能力的十六歲少女阿初，她看得見普通人看不見的東西，而且一般人聽不到的聲音也聽得到。某日，深川發生死人附身事件，幾乎與此同時，武士住宅裡的岩石開始顫動。這兩件靈異事件是否有關聯？背後有什麼陰謀？一部以怪異取勝的時代推理小說。

26.《天狗風——通靈阿初捕物帳2》（長篇，一九九七年十一月出版／15）「阿初系列」第二集。天亮颳起大風時，少女一個一個地消失，十七歲的阿初在追查少女連續失蹤案的過程中遇到邪惡的天狗。天狗的眞相是什麼？其陰謀是什麼？也是以怪異取勝的時代推理小說。

27.《糊塗蟲》（長篇，二〇〇〇年四月出版／19・20）「糊塗蟲系列」第一集。深川北町的鐵瓶大雜院發生殺人事件後，住民相繼失蹤，是連續殺人案？抑或另有陰謀？負責辦案的是怕麻煩的小官井筒平四郎，協助他破案的是聰明的美少年弓之助。本故事架構很特別，作者先在冒頭分別記述五則故事，然後以一篇長篇與之結合，構成完整的長篇小說。以人情、推理並重的時代推理傑作。

28.《終日》（長篇，二〇〇五年一月出版／26・27）「糊塗蟲系列」第二集。故事架構與第一集一樣，在冒頭先記述四則故事，然後與長篇結合。負責辦案的是糊塗蟲井筒平四郎，協助破案的除了弓之助之外，回向院茂七的部下政五郎也登場，作者企圖把本系列複雜化，或許將來作者會將幾個系列納爲一大系列。也是人情、推理並重的時代推理小說。

以上三系列都是屬於時代推理小說。案發地點都在深川，但是每系列各具特色，有以風情詩取勝，也有以人際關係取勝，也有怪異現象取勝，作者實爲用心良苦。宮部美幸另有四部不同風格的時代小說。

29.《扮鬼臉》（長篇，二〇〇二年三月出版／23）深川的料理店「舟屋」主人的獨生女阿鈴發燒病倒，某日一個小女孩來到其病榻旁，對她扮鬼臉，之後在阿鈴的病榻旁連續發生可怕又可笑的不可思議的事，於是阿鈴與他人看不見的靈異交流。一部令人感動的時代奇幻小說佳作。

30.《怪》（奇幻短篇集，二〇〇〇年七月出版）。

31.《鎌鼬》（人情短篇集，一九九二年一月出版）。

32.《忍耐箱》（人情短篇集，一九九六年十一月出版／41）。

33.《孤宿之人》（長篇，二〇〇五年出版／28・29）。

三、奇幻小說系統的作品

史蒂芬・金的恐怖小說和奇幻小說《哈利波特》成爲世界暢銷書後，原處於日本大眾文學邊緣的奇幻小說獲得成長發展的機會，漸漸確立其獨立地位，而宮部美幸的奇幻小說就在這欣欣向榮的機運中誕生。她的奇幻作品特徵是超越領域與推理小說結合。

34.《龍眠》（長篇，一九九一年二月出版／04）榮獲第四十五屆日本推理作家協會獎的長篇獎。週刊記者高坂昭吾在颱風夜駕車回東京的途中遇到十五歲的少年稻村愼司，少年告訴記者：「我具有超能力。」他能夠透視他人心理，愼司爲了證明自己的超能力，談起幾個鐘頭前發生的事件眞相，從此兩人被捲入陰謀。是一部以超能力爲題材的奇幻推理傑作，宮部早期代表作。

35.《十字火焰》（長篇，一九九八年十一月出版／17．18）青木淳子具有「念力放火」的超能力。有一天她撞見了四名年輕人欲殺害人，淳子手腕交叉從掌中噴出火焰殺害了其中的三個人，另一個逃走了。勘查現場的石津知佳子刑警，發現焚燒屍體的情況與去年的燒殺案十分類似。也是一部以超能力爲題材的奇幻推理大作。

36.《蒲生邸事件》（長篇，一九九六年十月出版／14）榮獲第十八屆日本ＳＦ大獎。尾崎高史爲了應考升學補習班上京，其投宿的飯店發生火災，因而被一名具有「時間旅行」的超能力者平田次郎搭救到一九三六年二月二十六日的二．二六事件（近衛軍叛亂事件）現場，兩名來自未來的訪客能否阻止起義而改變歷史？也是一部以超能力爲題材的奇幻推理大作。

37.《勇者物語——Brave Story》（八十萬字長篇，二〇〇三年三月出版／24．25）念小學五年級的三谷亘的父母不和，正在鬧離婚，有一天他幻聽到少女的聲音，決心改變不幸的雙親命運，打開幽靈大廈的門，進入「幻界」到「命運之塔」。全書是記述三谷亘的冒險歷程。一部異界冒險小說大作。

除了以上四部大作之外，屬於奇幻小說的作品尚有以下四部：

38.《鴿笛草》（中篇集，一九九五年九月出版）。

39.《僞夢1》（中篇集，二〇〇一年十一月出版）。

40.《僞夢2》（中篇集，二〇〇三年三月出版）。
41.《ＩＣＯ——霧之城》（長篇，二〇〇四年六月出版）。

以上三十九部是小說。另有四部非小說類從略。

如此將宮部美幸自一九八六年出道以來，一直到二〇〇五年底所出版的作品，歸類爲三系統後，再按時序排列，便很容易看出作者二十年來的創作軌跡，也可預見今後的創作方向。請讀者欣賞現代，期待未來。

二〇〇七・十二・十二

本文作者簡介

傅博

文藝評論家。另有筆名島崎博、黃淮。一九三三年出生，台南市人。於早稻田大學研究所專攻金融經濟。在日二十五年以島崎博之名撰寫作家書誌、文化時評等。曾任推理雜誌《幻影城》總編輯。一九七九年底回台定居。主編「日本十大推理名著全集」、「日本推理名著大展」、「日本名探推理系列」以及「日本文學選集」（合計四十冊，希代出版）。二〇〇九年出版《謎詭・偵探・推理——日本推理作家與作品》（獨步文化），是台灣最具權威的日本推理小說評論文集。

Stepfather Step

繼父

一

我好像是撞到了頭。

睜開眼睛時，眼前所有影像都重疊著。天花板的電燈……旁邊窗簾上的大型圖案……還有直盯著我看的那張小臉。

「啊！眼睛睜開了。」那張臉說道。

聲音聽起來是一個人，眼前卻有兩張臉，一模一樣的兩張臉。兩張臉都朦朦朧朧的。

我想活動一下身體，可是手腳沒有任何知覺，唯一能做的就是眨眼睛。眨了好幾下之後，天花板上的電燈竟然變成了三個，又恢復成一個。那兩張小臉又探過來盯著我看，我的視野逐漸縮小。

「哎呀，又睡著了。」眼睛閉上的同時，聽見小臉說話的聲音。沒錯，晚安。

下一次張開眼睛時，天花板上的電燈只有一個。

窗簾拉開著，陽光透過毛玻璃射進了屋內。從光源的角度來判斷，現在應該是上午吧。

這裡是哪裡呢？

我問自己，感覺記憶和理智終於手牽手地回來了。在這種狀況之下，這兩者可是不受歡迎的訪客。要想拒它們於門外，我只有繼續昏迷不醒。我實在很希望永遠不要清醒算了。

然而重返家門的記憶和理智已經好端端地坐在眼前。我的眼睛也睜開著，所有感覺都很正常，正常到令人討厭。

加上我渾身作痛，就像成千上萬的小鐵鎚在敲打全身，而且不是來自外側，是由內而發的疼痛。腦袋與肩膀也痛得厲害，尤其是右手臂簡直是要跟身體鬧獨立似地，對右肩膀發起全面抗戰。事實上我可能已經脫臼了。

光是眨動一下眼皮，腦袋裡就嗡嗡亂響。

糟糕……我可能眞的不太對勁了。說不定這一輩子都將被釘死在床上永遠站不起來了。記憶說話了：「這也難怪，畢竟從那麼高的地方摔下來！」

理智也說話了：「能保住一條命就已經可喜可賀了，不是嗎？」

我搖搖頭想甩開這兩人，卻因爲這個愚蠢的舉動而痛苦大叫。那可不只是一聲「好痛」的呻吟，應該說「慘叫」才貼切吧。

這時我聽見了開門的聲音，接著是輕微的腳步聲，走近我之後便停住了。我的眼睛因爲痛楚難耐而緊閉著，這些聲響、接下來聽見的說話聲，都是在黑暗中接收到的。

「太好了，你醒來了。」

我不安地睜開一隻眼睛偷看，又看見了兩張臉，兩張一模一樣的臉並列在一起。

我心想：還沒完全好嘛！今後是不是都會像這樣看到雙重的影像呢？其實人本來就有兩隻眼睛，說不定這樣子還比較自然呢。

「感覺怎樣？」

「你還好吧？」

兩張臉同時說話。

這時我才覺得有些問題；因爲我好像看見左邊的臉說：「感覺怎樣」，右邊的臉問：「你還好吧？」當我重新定睛注意時，兩張臉上都浮現了興味盎然的表情。

「我們的臉上，」

「沾上了什麼東西嗎？」

又是左右兩張臉說著不同的話。我覺得神經有些錯亂了。

於是我試著閉上一隻眼睛。那兩張臉彼此對看了一眼。

「你是在對我們，」

「拋媚眼嗎？」

看到我試著改閉上另一隻眼睛時，兩張臉同時綻放了笑容。左邊那張臉的右臉頰上，右邊那張臉的左臉頰上，各有一個酒窩。

我睜開雙眼，將頭稍微抬起。兩張臉分別連在不同的身體上。身上雖然穿著同樣的襯衫和毛衣，但是胸口的圖案卻不一樣。兩個都是英文字母，一個是T，另一個是S。

兩張臉異口同聲地表示：「我們是雙胞胎。」

二

一開始來到這地區就是個錯誤。

原以爲會有賺頭，這一陣子生意一直都不好，加上手頭很緊，自然日子就更難熬了。

這是一個地方性的新興住宅區。興建的原因是一個過於樂觀的預測；地方人士厚顏無恥地認爲進入二十一世紀後此地可能會有新幹線或磁浮電車通過。於是在一無所有的山丘上，突然出現了一個無國籍風格的待售大型社區，看起來幾乎和電影布景沒有什麼兩樣。

夢幻般色彩的大社區，俯瞰著山下本地原住民所居住的小鎮。山丘上的鄉鎮名叫「今出新町」，山下居民的小鎮名叫「今出町」。就地理位置與色彩而言，新町都可說是今出町荒誕不經的白日夢。

新舊兩個鄉鎮唯一共同擁有的是，位於今出町正中央的民營鐵路車站。這一條郊區的小鐵路，距離東京這個心臟地帶可說遙遠如神經的最末梢；說得明白一點，就像流過右腳小趾頭下方的微血管一樣。

柳瀨老大還強調什麼這件好康的事我只告訴你一個人，到時候七三分帳就好，畢竟人不能太貪心嘛……他難得說話那麼一本正經，當初就該有所懷疑才對。

「你的客戶是獨居的女人，剛搬到社區沒多久，不喜歡跟人交際所以和鄰居們不熟。加上又是新的社區，你一個人到處閒晃，也不會有人起疑心的。辦起事來應該很輕鬆吧，你說呢？」

他說的也有道理，的確是件好差事。

「這種好事，你怎麼肯讓給別人呢？」我反問。柳瀨老大立刻嗤鼻笑道：「就是因爲是件好事，不給能做的人去做，豈不可惜了！揮棒就能得分的場面，派個老是被三振出局的笨蛋出去，像話嗎？」

這話說得也對。何況我以前也受過老大同樣的照顧，當時確實有令人滿意的結果，所以這次我才會爽快地答應他。

可是來到現場一看，雖然與老大說的鄉鎮一樣，但我卻沒料到會有這種事情。被鎖定爲目標的那戶人家不但裝置了紅外線探測器的保全系統；而且這間小巧的兩層樓洋房居然有個很大的庭院，外面是高達一點五公尺的水泥磚圍牆，圍牆上面布滿了經過裝飾處理的有刺鐵絲網。

有時候柳瀨老大就是會搞出這種狀況。就像一個魔術師，舞台布置好了、服裝也穿好出場時，才想到忘了將兔子塞進帽子裡。

不過我畢竟也是專家，根本不把什麼保全系統放在眼裡。這幾年來那些以單身貴族為訴求的套房，不都是以保全系統為賣點嗎？要是就這樣被嚇到的話，我還能成什麼大事呢。實際上住戶往往因為有機器保護而放鬆戒備，對我們這一行來說反而有益無害。

何況機器終究是機器，總有破綻可尋。

然而當我穿上西裝、提著空空如也的公事包，打扮成推銷人員的樣子來到鎖定的住家附近觀察地形時，卻發現這戶人家的保全設備頗為先進，於是只得從長計議了。依裝在大門上面的監視錄影機的型號判斷，應該是該廠牌該系統的最新產品，就算將電源切斷，監視錄影機還是有獨立的線路與備用電源連接，沒那麼容易對付。門鎖採用的是密碼式開關；我本想以機器對付機器，用手提電腦來進行解碼，偏偏這組門鎖只接受鑰匙的直接插入。如果用其他方式闖入時，保全公司必然警鈴大響，實在是令人傷腦筋哩。

不過話又說回來，如果和這戶人家站在同一個立場，一樣也會做好「防衛」的措施吧？不論多麼費心設想，總還是覺得哪裡做得不夠周延吧？

這棟屋頂陡斜、擁有八角窗的漂亮洋房，屋主名叫井口雅子，三十四歲，單身。十天前才剛搬到這裡，之前一個人住在東京郊外的小公寓裡，當然是租來的房子。

雖然說這裡也算是鄉下小鎮，但她能買得起這麼大的房子，只能說幸運之神的眷顧了。因為她從素未謀面的遠親那裡獲得了將近兩億元的遺產。她那個遠親的伯父也是孤身一人，一生大半輩子都在賭；而他最厲害的是，同樣是賭，他卻慎選標的。他不玩賽馬、賽自行車這些小玩意兒，他玩的是股票、期貨。

孑然一身的伯父獨自在醫院裡過世後，受託管理資產的律師費盡千辛萬苦尋找家屬，終於找到了也是孤零零一個人的井口雅子。說起來法律這種東西也很有趣，有時候會像這樣耍出一些雜技讓我們大開眼界。

天外飛來一筆鉅款後，她不管三七二十一便決定在這今出新町買地蓋房子。而且等屋子落成後便搬進來住了。

她似乎也是個怪人。大概是因爲從小父母遭遇車禍身故，吃盡了苦頭，所以不太與人親近。她沒有情人也沒什麼好朋友，所從事的工作——應該算是裁縫吧，幫人家縫製和服，聽說手藝還算不錯。她跟位於都心的某家大和服店簽有合作契約，收入似乎十分優渥，不過現在已經犯不著那麼辛苦幫人作嫁了，所以很乾脆地辭掉了工作。畢竟她現在的身價可是高興幫自己做什麼衣服就做什麼衣服了，我在說什麼廢話。

說到她唯一的興趣，就是聽音樂，她喜歡聽隨身聽。根據和服店裡的店員透露，不論走在路上、搭電車、甚至是搭計程車時，她都機不離耳。

因爲拿不到她的照片，直到來到這裡後才一睹廬山眞面目。她身材嬌小，長相平凡，是那種見過五分鐘後便會被忘得一乾二淨的女性。或者可以說不論扮演多小的配角，她都不可能出現在男人的夢中。

當時她正要出門。她小心翼翼地關上大門、走下山坡往車站的方向前進。我緊跟在後，看見她在隔壁鎮的車站下車，到站前的租車公司租了一部車開走。其實何必這麼麻煩，今出町也有租車公司呀，大概是沒有她喜歡的車種吧。

那個時候她沒有聽隨身聽。或許是因爲環境改變了吧，只要一離開都會區，即便不使用那種文明的便利工具，也能輕易地保持孤獨吧。

她幾乎不開窗戶，厚重的窗簾也始終低垂著。看來是真的很想與外界隔離吧？透過老大的幫忙，我拿到了這間屋子的設計藍圖。動起手來是沒什麼問題，但我卻覺得她是個頑固的傢伙。

第二次看到她的臉是在我決定動手的那天白天。我將車子停在她家附近，坐在車裡假裝查看地圖時，看見一名報紙的推銷員走了過來。

推銷員按了門鈴後，從她家的白色窗簾後面閃爍著明亮的燈光。大概是裝在屋裡某處的對講機子機的燈光吧？

光線那麼亮，就算是睡午覺也要被吵醒吧？我心中不禁有些納悶。

井口雅子來到門口與推銷員說話。觀察了一陣子後，似乎兩人的交涉有了結果，她抱著兩盒洗衣精的贈品消失在門後。

這時門後面又有亮光閃爍了一下。這一次不是燈光，而是什麼東西的反射。說不定是什麼玻璃擺飾吧。

蓋自己喜歡的房子，隨自己的喜好裝潢，真是奢侈的愛好，不過現在的她當然做得到。但是她本人卻顯得很樸素。她似乎也知道自己長得不起眼，卻完全沒有想要改善的慾望，反而是沉醉於孤獨之中，喜歡一個人關在屋子裡。這也不是什麼壞事，這棟裝置著嚴密保全系統的新居，就成了保護她的盔甲之一。

我抬頭仰望天空，心想：「看來只能從上面進去了。」

目標的房子位於今出新町的北端。這裡是整個山丘的最高點，比這棟房子還高的就是後面的那戶人家了。而這兩棟房子和社區的其他房子有些距離，就像是剛脫離團體聯誼，準備交往的新情侶一樣。

如果在兩家的屋頂之間拉條繩索移動，應該就觸動不到保全系統吧。上面的那戶人家既沒有裝設保全、也沒有庭院和高大的圍牆，很容易接近。不知道爲什麼，就是看不見裡面的住戶，但是晚上一過了半夜裡頭的人似乎就會熄燈就寢，做爲潛入隔壁住家的跳板是再適合不過了。

因此，我昨天晚上等到半夜兩點，爬上了上面那戶人家的屋頂。

凡事都會有失算的時候，尤其像難以預測的天災……

不、不盡然如此，老實說，我其實是可以預想得到的。

昨晚的天氣很不穩定。有一塊灰色的雲層由西向東飄過。不知天上的哪位神明突然興起想扮演近鐵的野茂投手（註）的念頭決意練習投球，偏偏還有其他神明使用閃光燈將這練球場面拍照存證。

強風與雷雨欲來之勢。

可是這是半夜兩點鐘耶。儘管這幾年不斷發生異常氣象，但是半夜兩點打雷還是太過分啦！我心知不妙。勘查地形已經比預期花了更多的時間，我不想再拖下去了。就算我努力裝成推銷員的模樣，可是在這個小鎮上待了好幾天，恐怕也會有人開始起疑。

在我攀爬牆壁時，腦袋後面閃了兩次強光。當我一腳踏上屋頂時，第一滴雨水打在我的臉頰上。我加緊動作，好不容易將繩索掛上井口家的屋頂時，大雨傾盆而下。我要先說明，不是我的

註：野茂英雄（1968-），知名美國大聯盟選手，原爲日本近鐵水牛隊選手，一九九五年前往美國大聯盟，二〇〇八年引退。

動作慢吞吞，實在是雷雨來得太急。

如果討厭淋雨、害怕背後有打雷閃電，就無法從事這門戶外工作，所以我倒是不太介意雷雨。甚至在風雨交加之中，更能夠怡然自得地做事。我暗自祈禱：如果哪個地方被雷擊中，搞到這附近一帶停電就太棒了。

可是……

我祈禱的是擊中哪個地方，可不是直接打到我身上！

這就是我沒算計到的失誤，眞是謝謝老天了。

從那之後到底過了多久了呢？這樣問雖然有點執拗，但這裡是哪裡？

眼前的一對雙胞胎，露出與他們身上別著的和平笑臉胸針一樣的笑容。說起來，當年和平笑臉流行的時候，他們兩人應該還沒出生吧，兩人怎麼看都只是國中一年級或二年級生。

「這裡是警察局嗎？」我問他們。

兩個人異口同聲：「不是。」

「這裡是醫院嗎？」他們又回答：「不是。」

「是警察醫院嗎？」這次兩人回答：「怎麼可能！」

「看到兩名少年偵探團的成員，代表這裡應該是明智偵探事務所囉？」

於是「S」少年笑著說：「那你就是怪人二十面相囉。」

「要我說的話，我對黑蜥蜴（註）還比較有興趣。」

「噢，你說的是……」「S」少年說。

「是女的耶。」「T」少年說。

「而且人又漂亮。」

「又很有錢。」

「只不過……」

「她不是喜歡，」

「做動物標本嗎？」

「隨便啦。」我沒好氣地說道：「拜託你們不要那樣子說話好不好？」

「對不起。」兩人又是異口同聲。

這房間不像是舞台劇裡的布景，灑射進來的陽光也很眞實。床鋪躺起來的感覺很舒服。應該是中上人家的寢室吧。

這時……

「S」一派愉快的口吻開口問：「你爲什麼會爬到我們家屋頂呢？」

我不禁閉上了眼睛，心想，原來如此，這裡是上面的那戶人家呀。

「爲什麼你會爬上屋頂呢？」

「因爲那裡是屋頂呀。」

兩人聽了哈哈大笑，然後說道：「你是小偷吧？」

看來你們很聰明嘛。

「是你們將跌下去的我救起來的嗎？」

註：江戶川亂步筆下的美豔女賊，是明智小五郎的死對頭。

「沒錯。」

「爲什麼？」

「因爲我們不想污染國土。」

可惡的小鬼！

「爲什麼不報警呢？」

兩人對看了一眼之後，「S」回答：「因爲這樣子對我們有利。」

有利？這種時候的有利，究竟是什麼意思呢？

果然當初我抬頭看著屋頂時的不祥預感是眞的。我感覺不太對勁，擔心地抬起了頭，看見雙胞胎像祭神的酒瓶組合（註）一樣笑咪咪地站在那裡。

「我說啊……」

「什麼？」

「你們是什麼瓶蓋打不開嗎？」

雙胞胎一臉訝異地看著我。

「還是書架太高，上面有你們搆不到的參考書呢？還是在書店順手牽羊拿了遊戲攻略本，現在後悔了想去道歉，所以得找個大人幫忙才行呢？」

說完之後，我才發覺自己問了蠢事，他們應該有自己的父母吧。

可是雙胞胎卻回答：「感覺很敏銳嘛。」

「這樣就好說話了。」

我覺得背上一陣發冷，他們的父母呢？

「你們的爸爸和媽媽呢？」

「不在。」「T」回答的語氣就像賣香菸的老爹說著：「不好意思，七星剛賣完。」

「不在，怎麼了，出門旅行嗎？」

雙胞胎搖搖頭，說出更可怕的事實：「他們私奔了。」

看來我還在作夢吧，這種事情不可能發生在現實生活中的。

「你是說你爸爸和媽媽私奔了嗎？」

「嗯。」

「你們反對他們結婚嗎？幹麼不答應呢？去登個報紙，上面寫說：『爸媽，問題已解決，速回』不就好了。」

「這世上，」

「哪有夫妻一起私奔的呢？」

「我不是說過要你們不要用那種方式說話嗎？」

於是雙胞胎分別從兩邊走過來，「T」坐在右邊，「S」坐在左邊的床緣上，一臉正經地表示：「我爸爸是跟他公司裡的女秘書。」

「媽媽是跟蓋這棟房子的建築公司老闆。」兩人各自獨唱一段後又異口同聲道：「自從半年前離家出走後就再也沒有消息了。」

註：原文爲「御神酒德利」指內裝酒類供奉在神前的成對酒瓶，引申爲兩個一對的物品、長相相同，或是總是如影隨形感情融洽的兩人。

我一時之間無言以對。雙胞胎則是一臉泰然地凝視著我。

「眞是不負責任的父母呀。」好不容易開口安慰他們一句。兩人竟然搖頭。

「他們說人生只有一次，」

「不希望留下遺憾。」

眞是令人吃驚！

「難道他們沒有一個想到要留下來照顧你們嗎？」

「大概彼此都以爲對方會留下來吧。」

「換句話說他們之間十分缺乏溝通。」

看來這對兄弟倒是看得很開。

「唉，眞是可憐的孩子。」

「你是說我們嗎？」

「有去找過社工嗎？」

兩人不停地眨著眼睛，連次數都一模一樣。不，我只是大概目測了一下。

「爲什麼要？」

「我們並不覺得有什麼不方便呀。」

兩人的笑容就像是保守黨選戰廣告影片上出現的童星一樣，天眞無邪。接著他們又說：「只不過……」

瞧，來了吧，這個「只不過」最可怕了。開頭說聲「只不過」，這之前說的那些話便都不算數，全部重新來過。

「不過什麼？」

「我們沒有錢。」雙胞胎以同樣的坐姿坐在床鋪兩側，同樣地歪頭看著我。

「這房子還有貸款。」

「我們也需要生活費。」

「需要有人幫忙賺錢。」

「家裡的存款用完了。」

「所以我們有個提案。」

「你是專業的小偷吧？」

「裝備看起來很棒。」

「不像是半路出家的外行人。」

「應該很賺吧？」

「可不可以照顧我們兩人的生活？」

這一切都要怪打雷。我只能這麼想。

「我們住在這裡不過才半年而已，」

「而且爸爸和媽媽都有自己的工作，」

「他們只有在週末才會回家。」

「所以就算你住進來，」

「附近的人也不會覺得奇怪。」

「從你的年紀來看，」

「只要說很年輕的時候就結婚了，」

「當我們的爸爸是沒有問題的。」

「我們先自我介紹吧。」

「我是宗野直（Tadashi）。」「T」說。

「我是宗野哲（Satoshi）。」「S」接口。

「我們不問你叫什麼名字，省得麻煩。」

「我爸爸叫做宗野正雄。」

「名字還不賴吧？」

我瞪著酒瓶組合好一陣子後問道：「如果我不答應呢？」

兩人大笑回答：「我們已經留下你的指紋了。」

「你應該有前科吧？這樣應該不太好吧？」

「你應該也不喜歡再進監獄吧？」

爲什麼當初不乾脆讓我摔死呢？

三

直到一個禮拜之後我才能夠瘸著腿下床走路。

儘管這對酒瓶組合的司馬昭之心路人皆知，但我還是得謝謝他們的悉心照顧。尤其不找醫生來看，光用成藥就能治好我的這一點，就讓我感激不盡。

不過這也是恐怖的一個禮拜，特別是當小直提議：「我來幫你治療右肩的脫臼吧！」

「我會的，放心交給我處理吧。」他一臉開朗地表示：「我從小就有經常性的脫臼。每次只要一覺得掉下來了，我都能自己推回去。這方面我算是專家了。」

「可是那是你的手臂吧？可不是我的手。」

「別人的還不是一樣，構造大同小異嘛。」

不幸的是，他的這項提議是在我受傷後的第二個晚上，我連上廁所都沒辦法自己一個人處理。雖然說對方還是小孩子，但是如果他們兩人聯手起來，我一個人是招架不住的。更何況這對酒瓶組合古靈精怪的，實在討人厭！

「不要叫太大聲喔，否則我們得將你的嘴巴堵起來！」

畢竟算是「專家」，右手臂總算是順利地套上了關節，可是我還是很害怕。我決定今後搭電車時絕對不再抓吊環了。萬一不知不覺間手臂又脫臼了，我恐怕會忘在車上，那就糟了。

直到第四天的早上，我還是高燒不退。甚至在脫臼「治好」後，熱度還升高了不少。雙胞胎一臉擔心地趴在床前，不時拿出《家庭醫學》仔細研讀。

「這上面沒有教從屋頂掉下來的急救措施呀。」

「所以只能看有關跌打損傷的部分囉，其他就靈活應用吧。」

怎麼可以把人當模擬試題一樣看待呢？

「我想你應該沒有健保吧？」

「是呀。」

「可是萬一你因爲工作而受傷時，那該怎麼辦？」

我很想回答「我是闖空門的專家，跟暴力犯罪又扯不上邊，根本不可能那麼容易受傷」，但還是算了。我想，還是讓這兩個田園派的小朋友認爲我是可怕的罪犯會比較好。

「那種時候我會去找沒掛牌的醫生。畢竟槍傷之類的，是沒辦法找一般醫生處理的。」

前面說的是眞的，後面則是瞎掰的。我從來沒碰過槍，以前還是正經上班族時我待過叫「大野重工」的公司，自從辭職後，就再也跟「重工」兩個字絕緣了。不過雙胞胎聽了倒是十分感動。

「萬一還是沒有好轉的話，是不是可以找那位沒掛牌的醫生來看看呢？」

眞是有夠天眞純潔，而且還是初生之犢不畏虎。

第三天的午夜時分，他們兩人之一的誰（如果他們沒有露出臉上的酒窩，根本無法分辨出誰是誰。）幫我換掉腦袋下的冰枕，看著對方一本正經地在幫我量脈搏，我開口問：「你不害怕嗎？」

「等一下。」他盯著時鐘上的秒針：「量了十五秒，居然快四倍。所以說……天啊，跳了一百二十八次耶。難不成你剛剛在說夢話？」

「我很清醒。」

「胸口悶不悶？剛剛咳嗽了吧？」

「喂，是我在問你話耶。」

「希望別感染肺炎就好了，誰叫你淋了那麼多的雨。」他故意裝傻說了這些話後，才微微一笑，左臉頰上出現一個酒窩。

然後冷不防地回答：「害怕呀。」

「什麼？」

「你剛剛不是問我什麼害不害怕嗎？」

「我是指對罪犯。」我故意說得很慢，「搞清楚點，我可是個小偷。而且就像你們所猜想的，我的確有過前科。說不定我只要打一通電話叫朋友過來，就能夠將你們兩兄弟殺死埋掉，把你們家的財物洗劫一空，逃得無影無蹤。你懂嗎？」

左酒窩想了一下，然後坐直身體，露出了身上V領毛衣胸口前的「S」圖案。原來左酒窩是小哲。

終於，他小聲地回答：「害怕呀。」

「那你要不趕緊去報警，要不就放了我。這樣子繼續下去，是不會有什麼好結果的。」

小哲的視線落在床腳的附近，他回答：「我們做事一向是不太考慮結果的。」

接著他又露齒一笑，回過頭看著我說：「這大概是我們家的血統吧。」

他們那對殺千刀的父母應該也是同樣的人吧。

「而且你現在的狀況看起來很不好。隨意走動的話，搞不好會出人命。你還是好好睡覺吧。」

這一點不用照鏡子，我自己也很清楚。打從我十四歲那年夏天以來就沒這麼難受過。那時候因爲從盲腸炎導致腹膜炎差點死掉。

「不過你的運氣不錯。要是被雷直接打到的話，應該就沒救了吧。」

「我沒有被直接打到嗎？」

「當然，你是掉到了隔壁家的屋頂上。好像是你抛出去的繩子上面的掛勾壞了你的大事。那是金屬做的嘛。啊，對了、對了，那條繩子因爲受到太大的衝擊掉到我們家這邊，我們已經幫你收起來了。隔壁鄰居什麼都沒發現，你放心好了。」

我開玩笑地說：「可惜沒能成為富蘭克林的風箏。」

他聽了笑道：「他也是運氣好，所以才沒觸電。這是我們老師說的。」

奇怪的是，即使是大白天，他們兩個一定會有一個留在家裡。今天是右酒窩的小直，我抓住他便問：「你不用上學嗎？」

「我們輪流去上。」

「難道你們在教室裡也是兩個人扮演一個人嗎？」

「怎麼可能？我和小哲分別上不同的學校，我們只是輪流請假在家。」

這麼偏遠的小鎮居然蓋了兩所中學校，簡直是浪費納稅人的錢嘛。也許其中一間只是分校吧？然而小直似乎看穿了我心中的疑問，他說道：「因為隔壁鎮上有很多大的社區和公寓大樓，所以學校也多，只不過都是新設的學校。我們一開始也是上這個鎮上的同一所學校，後來因為老師們經常弄錯，我們也覺得不方便，小哲便越區就讀了。」

儘管他們看似輕鬆地說出「請假在家」，但表現出來的樣子卻不像不用功的學生。就算窩在我的床鋪旁邊時，也隨時在翻閱參考書或背英語單字卡。

第五天的晚上，我因為高燒退了，便要他們不必看護，但小哲還是熬夜陪我。半夜我因為腰疼得厲害而醒來時，只見他坐在床邊的椅子上，身上披著外套睡著了。我悄悄起身偷看了一眼，他的腿上蓋著一本英語課本。枕邊的床頭櫃上則是各放著一本袖珍版英日辭典和日英辭典。

仔細想想，自從長大成人後，這還是我頭一次這麼近距離看見這個年紀的小孩的睡臉。

感覺是那麼的柔弱無力、沒有防備，與嬰兒沒什麼兩樣。人要活到幾歲，睡臉才會跟著成熟長大呢……我不禁思索這個無聊的問題。

他們的父母究竟發生了什麼事呢？難道一點都不擔心嗎？爲了忙於追求自己的幸福，居然完全沒時間想起小直和小哲嗎？

小哲嘴裡喃喃地說著夢話，然後似乎覺得有些寒冷地縮著身體。

我不是找藉口，不過應該是發燒的關係吧。要不是熱度還沒有完全退下，我怎麼會伸手拿了日英字典呢。

而且我也不可能翻閱到「義父」那一頁。

首先出現的解釋是「a father-in-law」。什麼法律不法律的，眞是觸霉頭。

下面又寫說是「a stepfather」，括弧中註明是「繼父」。

Stepfather？聽起來好像是只會跳舞的父親一樣，沒什麼用處嘛。還有「繼父」是「繼續父親」的意思嗎……我不禁胡思亂想。

我一定是還在發燒，絕對錯不了。

捽下來後第一個禮拜的早晨，我小心翼翼地起床走向傳出雙胞胎說話聲的方向，結果來到了餐廳。他們一人穿著制服，另一人站在流理台前洗碗盤。

「來，笑一個。」我一開口，兩兄弟同時都回過頭來，露出類似牙膏廣告上的迷人笑容。穿著制服的是小直。

「今天輪到小哲看家嗎？」

「嗯。」

「我已經好了，兩個人都去上學吧。」

就像被斥責一樣，垂頭喪氣的雙胞胎悄悄地對看了一眼。然後小直低聲地問我：「你要走了嗎？」

我很想回答「是」，事實上我也很想那麼做。但是我說不出口，自己也難以解釋理由何在。

我想是爲了道義吧。總之他們救了我是不爭的事實。

「你不會走吧？」

我嘆了一口氣，「還不會。」

雙胞胎霎時恢復了精神。小直一邊用圍裙擦乾滿是洗碗精的雙手，一邊問我：「你肚子餓了吧？之前都只是吃些稀飯，有沒有想吃什麼呢？我可以做給你吃。」

「對、對，小直很會做菜，只要是你想吃的……」話說到一半，小哲便閉上嘴巴，表情凍結了起來。他偷偷看了小直一眼，露出想與對方商量時特殊的求救眼神。

「噢……」小直也開口說話：「啊，對了……」

兩人演技一流，即便沒有台詞也能了解對方的想法。

「存摺呢？」我試探地問。

「什麼存摺？」

「我可沒有叫你們交出糧食配給帳簿（註），裝什麼蒜？」

小哲一邊問什麼是糧食配給帳簿，一邊走出餐廳，然後又馬上回來了。看他毫不遲疑的樣子，應該很清楚我的意思。

他遞出來的藍色存摺，存款人的名義是「宗野正雄」。打開一看，上面密密麻麻地列著一長串的帳目，全部都是支出。

我確認了一下旁邊的月曆，存摺上註記著昨天日期的那一筆帳目上支出了九萬八千圓。

「昨天房屋貸款扣款了。」小直說。

「發獎金的時候，被提走了二十三萬。」小哲補充說明。

餘額剩下一萬零兩百十一圓。

「我們曾經有一段時間去打工送報紙。」

「後來被學校發現只好停止了。」

我闔上存摺，靠在門邊，盡可能讓自己不要看到雙胞胎的臉。

「去上學吧！」

我看是沒辦法了。

「我去拿我的錢包，今後怎麼辦再說吧。」

就在這時，門口的信箱傳來晚到的投遞早報的聲響，似乎也還能聽見庭院門拉上的聲音。

四

令人驚訝的是，我租來的車子還停在山丘對面的山腰上。因爲淋過雨，車身很髒，但是上面並沒有被貼上違規停車的罰單。這個小鎭別的沒有，就是空地很多，所以才能這麼大方吧。

我用隔壁小鎭的公共電話和柳瀨老大聯絡上了。老大很吃驚地問我：「你還沒搞定呀？」我只好隨便找個理由搪塞過去。要是跟他說我被兩個十三歲的小鬼當作人質，他肯定會笑死的。雖

註：日本政府在二次大戰時與戰後，實施糧食配給制度，每户人家都會有一本糧食配給帳簿。

然我有時也很想一刀砍死老大，但趁著他還有利用價值的時候，我還是希望他能好好地活著。

戰略上，我必須避免讓井口雅子知道我的存在，所以只拿了需要的東西後，我將車子停在停車場裡，利用電車和徒步悄悄地回到了雙胞胎家。

經過隔壁時，我抬頭看了一下被雷擊過的屋頂。角度傾斜得十分漂亮的屋頂上，有幾片西洋瓦已經剝落了。但由於原來的結構很牢固，造成的損失並不大。

隔壁家的窗簾依然低垂，感覺不出有人的存在。但是當風掀起窗簾時，房間裡有什麼東西閃亮了一下。我突然想起之前勘查地形時，也在門口看到閃光，那究竟是什麼東西呢？

雙胞胎已經先回到家了。一個在洗衣服，一個在打掃房子。那景象就像是女權擴張時期的家政課教室一樣。

果然如他們所說的，晚餐的菜很豐盛。看著他們用熟練的手勢切蔥花，我不禁想起了一些很久都沒用過的字眼。

眞是令人疼愛的小孩。

「誰教你做菜的？」

「沒有，我本來就喜歡做菜。而且之前我不是說過嗎？我媽媽只有週末才會回家。」

的確，這個像桃花源一樣的綠色小鎮，離東京是遠了點。可是既然把房子買在這裡，就應該有心理準備才對。畢竟要到桃花源總得花點時間嘛。

「可是對爸媽來說，或許東京才是他們的桃花源吧。」小直說道。

看來子女太過通達事理，父母就容易變壞。

「你們必須幫忙才行。」整理餐桌時，我開口要求。雙胞胎的神情一下子變得很嚴肅。

「我不是在威脅你們。如果你們眞的需要一大筆錢，又想要利用我的話，就不能只是搭順風車。」

雙胞胎探出身子問：「那我們該做些什麼？」

「你們眞的想做嗎？」

「當然。」

「因爲財政緊迫嘛。」

我有點錯愕。「你們一點鄰居愛都沒有嗎？」

「什麼意思？」

「你們等於是要我偷隔壁鄰居家喔？難道不會覺得內疚嗎？」

「可是爸爸你不就是想要那麼做嗎？」

叫我爸爸？簡直不像話。

「我什麼時候說過要當你們的爸爸？」

雙胞胎看著地面猛笑。小直回頭看著廚房，「水開了，」並站起來說道：「我去泡咖啡。」

「你們聽清楚了，我和你們之間的關係，就只是單純的共犯關係。不會更多也不會更少。如果你們不願意幫我這個竊盜犯，那也沒關係。基於你們照顧過我，我會給你們一筆相當的謝禮，但是你們一旦收下之後我們便井水不犯河水了。」

小哲在一旁搔頭，小直站在爐子邊回答：「好。」

「那你們是肯幫忙囉？」

「我們願意。」

「良心不會覺得過意不去嗎？」

小哲表情有些正經地回答：「我們和隔壁又沒有任何交情。」

「她才剛搬來沒多久。」

「又是一個女人獨自生活。」

「整天都窩在家裡。」

「什麼時候開始的？」

「就是從搬來的第二天起嘛。」

「跟她打招呼也不理不睬的。」

「就算是背對著我們，」

「聽見我們跟她問好，也應該回過頭來問候一聲嘛。」小直捧著裝有三個咖啡杯的托盤坐了下來。

「還有……我是聽別人說的，聽說隔壁的女人從遠親那邊得到一筆遺產，一夜之間變成了有錢人。」

「給我們一點花花，又有什麼關係呢？」小哲說得有些忘我了。

我心想，原來如此，這個看似彼此互不關心的小鎮裡，居然已經謠言滿天飛了。

「對了……」雙胞胎探出身子問：「你應該也是聽說隔壁的井口很有錢，所以才會來到這裡吧？」

我當然是知道囉。

柳瀨老大算是提供這方面資訊給我的人吧。他以前當過律師，還坐過牢。那是第二次世界大戰之前的往事了，聽說當時受到政府的許多迫害，可說是有風骨的憂國之士。

事實上在戰後他也開了法律事務所，但因爲整天忙著照顧那些沒有錢僱用私人律師的貧苦人們，一直過著一貧如洗的生活。

有一天他突然覺醒了。

任何時代都會有像老大這種——有骨氣，但從另一個角度來講卻是不懂得營生的正義之士。他們一心懷抱著正義感和使命感爲人奔波，根本沒有時間想到賺錢的事。因此老大想到不如出面幫這些人撈一筆吧。

柳瀨老大目前和十三個客戶訂有契約。沒有印花的契約上面寫著「萬一事蹟敗露，彼此將同歸於盡」，並蓋上雙方的血印。

客戶之中，有七個是法律事務所、三個是房屋仲介；剩下的三個之中，有兩個是私立醫院，最後一個是沒有執照的托兒所。每一個都是拚了命在做不能賺錢的事業——不求報酬甚至是自備便當的有志之士。

老大跟他們領取一定金額的顧問費，有時也取得一些資訊。比方說，對方是法律事務所的話，就能提供像前面所提到的有賺頭的情報。律師有守密的義務，必須口風很緊，但由於彼此都是同業，多少會鬆一點口。就算沒有說得很具體，只要透露一點風聲，之後老大再叫手下去查便一清二楚了。

當老大確定能夠撈到一筆安全穩當的鉅款時，便輪到我出馬了。

和老大合作的專業小偷，還有其他兩位。我們之間不做聯繫，彼此並不相識，但可以想見他們的技術應該都不錯。

偷到的金錢，通常是與老大二一添做五平分。老大從中拿走他那一份的手續費後，剩下的再分配給客戶。我不清楚詳細的分配比率，但應該是公平的吧。

這一次老大和我七三對帳的分法，是他主動提的。因為上一次的工作很棘手，卻沒什麼賺頭，老大認為問題出在他的判斷錯誤。老大就是這麼講規矩的人。

當然我也會獨來獨往地上工，並非始終都跟老大合作的。只是說老大介紹的工作輕鬆得多，對我而言不無小補。何況萬一出事時，老大還保證要他的律師客戶出面處理。

所以關於小哲「給我們一點花花，又有什麼關係呢」的說法，我其實很難反駁。從生前毫無往來的親戚手上得到一筆鉅款，本來就不是什麼值得讚揚的好事。從中分一點出來，也不構成犯罪吧？

不過我並不想對雙胞胎說這些，萬一引起他們的興趣就麻煩了。而且我也有守密的義務。

「之後後悔就來不及了，要退出的話就趁現在。」

酒瓶組合絲毫不為所動。兩人合唱般地表示：「我們要做！」

五

「其實不用搞得太複雜，隨便找個理由叫井口雅子到你們家來——對了，只要能拖延她十分鐘就夠了。」

通常一個技術高明的小偷闖空門，只要兩分鐘就能搞定。但這一次不一樣，我的身體狀況還沒完全恢復，慎重一點比較好。

「那麼你要在白天動手囉？」

「不，是傍晚，就明天。你們確定幾點能從學校回到家？」

配合小孩子的學業做事，說起來還真是丟臉。

「四點半——」

「五點的話，應該沒問題吧。」

「那就五點十分好了。我先說清楚，千萬別讓她發現我在你們家的事。」

雙胞胎絞盡腦汁思考誘出雅子的藉口，最後決定的提案是，先偷偷將自來水總開關關上，然後問對方：「我們家突然停水了，你們家有水嗎？」

「這樣子能拖延十分鐘嗎？」

「放心好了。」

隔天下午五點十分，他們依照計畫開始演戲。

我躲在雙胞胎家的後門，豎著耳朵傾聽他們和雅子透過對講機的小聲對談。雙胞胎的演技不錯，以十分困擾的語氣向對方請求：「我們的父母只有週末才會回家，我和弟弟不知道該怎麼辦才好，眞是糟糕……」

大概是被他們可憐的樣子打動，雅子從家裡走了出來。她打開大門，朝兩人所在的方向走去。

「我幫你們看看吧，看是哪裡出了問題。」

三個人走進了雙胞胎的家裡。我趕緊一溜煙地往對門衝去。抬頭檢視監視錄影機時，發現顯示監視中的燈光熄滅了。一般人常常會這樣，心想白天在家或是只是外出一下子，不需要打開監視器，結果保全系統根本發揮不了作用，難怪會讓小偷闖空門成功。多半的情況是，我們不需要破壞門鎖或打破窗戶就能輕鬆自在地進出沒有上鎖的門窗，在此奉勸住戶們眞的要更加小心才行。

正面的大門很親切地半開著。門板的材質是一整片堅固的橡木，光是這個就價值不菲了，大概與便宜公寓的月租不相上下吧。我不禁想起來這畢竟是擁有上億財產的女人所蓋的房子呀。

做我們這一行的，不能慢吞吞，一切以速度爲優先。就算沒有搬光，也不能心存眷戀。拖拖拉拉的結果，就等著窩在高牆之後，每天數饅頭期待假釋之日到來。

不過……

一踏進屋裡，我居然將這條鐵則忘得一乾二淨。

這是一間普通的住宅，但是裝潢花了不少錢，看起來就像是建築公司用來騙人的廣告樣品屋一樣地高級豪華。

玄關的地板是大理石材質。磨光打蠟的走廊像好萊塢女星的棕髮一樣亮眼。寬敞的客廳裡擺著仿印花布的美麗沙發組和木製茶几。一體成形的廚房裡的水龍頭，彎曲的角度時尚而迷人。

但是其中有一個異常之處，讓這些裝潢都相形失色。

房子裡面都是鏡子。所有牆壁上掛滿了大小、形狀、邊框不同的鏡子。

不對，不是掛上去的，都是直接鑲嵌好的。大概是爲了避免還要鑽牆打洞的麻煩吧，總之牆壁上鑲嵌的鏡子都是不能移動也無法取下的。

簡直就跟遊樂園裡的魔鏡迷宮一樣。

走在房子裡，到處有自己的影像晃動著，一下子從後面跟上來，一下子冒出一張臉盯著你瞧。驚魂未定，定睛一看，卻發現原來那裡也有鏡子。連廚房的流理台對面也有鏡子，大概是爲了洗碗的時候顧影自憐吧。

樓梯旁的牆面上也滿是畫框般的鏡框，吸引著我自然向上移動，只見連樓梯的轉角處、走廊上和三扇連在一起的房門上面都是鏡子。

由左向右一一打開房門，發現分別是寢室、衣帽間和小型的書房。每個房間裡面也都鑲滿了鏡子，宛如鏡子的洪水一般。甚至門後面也裝有鏡子。衣帽間我還能理解，難道連睡覺、看書的時候都需要照鏡子嗎？

書房裡的大型書櫃和前面的矮櫃也都裝有鏡子。如果是書店爲了防止有人順手牽羊，那也就算了；但這是個人的書房呀，這究竟是什麼特殊嗜好呢？

據說觀察一個人的書架可以了解那個人的個性，可是從她書架上的書本很難找到她對鏡子如此執著的理由。沒有《夢遊鏡子王國的愛麗絲》，有的只是隨興在路邊書店買的實用性書籍、漫畫、明星書、寫眞集之類的。

不過其中有一排書架滿滿的都是推理小說。

看來這位小姐應該是艾德・麥可班恩（Ed McBain）的書迷。一系列「八十七分局」的書都買全了。但是沒有他以伊凡・韓特（Evan Hunter）之名寫的小說，也沒有其他非系列的作品。

在「八十七分局」系列的尾端則是擺著四本文庫本的小書。前三本是艾勒里・昆恩（Ellery Queen）以《Y的悲劇》爲首的悲劇三部曲，最後一本則是《哲瑞・雷恩的最後探案》。

作爲一個推理小說迷，她的嗜好似乎顯得有些偏頗。

我還發現另一個重大的異常現象。

就我觀察到目前爲止，這屋子裡沒有電話。我以爲那是單身女子的生活中所不可或缺的必需品……

我再一次打開所有二樓的房門仔細檢查，還是沒有。這房子裡充滿了太多奇妙之處，害我覺得連掛在衣帽間裡的衣架都像是一連串的問號。

這時頭上傳來嘎吱作響的聲音。

抬頭一看，天花板的一角有個八十公分見方的升降口，上面附有把手。可見得只要一拉開，便可以拉下蓋子和裡面的樓梯吧。

我心想那會是一間閣樓裡的密室嗎？就在我仔細觀察的同時，頭頂上又傳來了嘎吱作響的聲音。聽起來就像有人在走動。

而且接著是拚命壓抑住似的，連續好幾聲的嘖嘖聲。

有人在上面。

六

「怎麼樣？」面對著氣喘吁吁的雙胞胎的質問，我只能沉默地搖搖頭。

「什麼，沒偷到錢嗎？」

「沒有找到嗎？」

「我們可是拖延了十五分鐘耶。」

話是沒錯，可是當我在思考能否爬上閣樓時，聽見窗外雙胞胎「沒事了，謝謝您」的說話聲，就趕緊逃了出來。

「我覺得很奇怪。」小直和小哲睜大了眼睛聽完我的說明。

「那是一間鏡屋。」小哲說。

「井口小姐大概是自戀狂吧。」小直笑說。

「她喜歡『八十七分局』和『哲瑞．雷恩』，這兩者有什麼共通點嗎？」

「作者的名字都是E開頭的。」

「爸爸你常讀推理小說嗎？」

因爲我在思考，沒注意到他們叫我「爸爸」，居然很自然地回答：「偶爾，用來打發時間。」

雙胞胎一臉高興地表示：「我們也讀，但不是爲了打發時間。」

「因爲很好看。不論是昆恩還是麥可．班恩我們都喜歡。只不過讀昆恩的話，爲什麼會單單只選上哲瑞．雷恩，這一點很奇怪。」

我坐在聊得正開懷的雙胞胎旁邊，拄著腮陷入了沉思。

閣樓裡的人聲。

天外飛來一筆巨額的遺產。

在東京時喜歡聽隨身聽的井口雅子，一搬到今出新町後竟然對隨身聽毫無興趣了。

對講機的燈光過分閃亮。

專程跑到隔壁小鎮去租車。

沒有牽電話線。

還有更奇怪的是，那一大堆的鏡子……

找出這些答案，整整花了我兩天。

早晨我一邊刮鬍子時，看見鏡子裡面反映出小哲的臉，我突然閃過一個念頭。

原來如此，井口雅子需要鏡子。

「小哲！」顧不得臉上還留著泡沫，我開口喊他。小哲則是滿嘴牙膏泡沫，反問：「什麼事？」

「你和小直看見井口雅子時……」

「你是說她不理會我們跟她打招呼的時候嗎？」

「對。你曾經仔細觀察她的臉嗎？」

他搖搖頭。「這個嘛……假裝家裡停水時，我曾近看她的臉。她剛搬來時也沒有過來打聲招呼。」

這時小直一邊喊著「早飯做好了」一邊走了進來。

「小直！」

「什麼事？」

「打雷的時候，隔壁的井口有嚇到嗎？」

小直一副「幹麼事到如今還問這個」的懷疑表情，笑著回我：「應該有吧。因爲她說過：『那麼大的聲音，我還以爲是什麼爆炸了。』」小哲在一旁猛點頭。我又提出一個疑問：「那麼那個時候的女人跟你們假裝停水時看到的女人是同一人嗎？」

雙胞胎若有所思地彼此使了一下眼色，沒有正面回答我，卻反問：「爸爸，你的頭腦還清楚吧？」

清楚得很，清楚得超乎你們的想像，小鬼們。

接下來要做的事是——

首先是聯絡柳瀨老大請他幫忙調查一件事。接著是拜託雙胞胎，請他們到隔壁家，也是進行調查一件事。

然後我只要從屋頂偷偷爬到隔壁家就行了，當然得挑一個天空沒有半片雷雲的夜晚。

七

幫井口雅子蓋房子的建築公司，採用了防鏽處理的鋼條製作窗框。換句話說，連窗戶的鎖也是不鏽鋼材質，因此可以利用磁鐵由外打開。

我將磁鐵交給小哲，要小直帶著點心到隔壁家去，爲上次的事道謝，順便確認這一點。

等所有調查工作都完成後，雙胞胎爲我打氣：「加油！」

這是我頭一次在眾人聲援中出門工作，總算很順利地爬上隔壁家的屋頂，從二樓後面的書房窗戶鑽進屋子裡。

她在寢室裡睡覺。我把她叫醒後，讓她喧鬧了一陣子才輕輕一擊，好讓她繼續躺平。不管對方是什麼樣的女人，對女人動粗總是令我不太舒坦。

井口雅子在客廳牆壁的最裡側所掛的那面洛可可風格的鏡子後面，藏了一個保險櫃。我很清楚，以往與鉅款無緣的人突然間收到上億的財產，一定會在家裡裝保險櫃。果不其然，裡面放了兩千萬以上的現金和有價證券。

我氣定神閒地拿走現金，在屋裡留下一些翻動過的痕跡，然後再去打開那個通向閣樓的升降門。假裝以爲裡面可能藏有金銀財寶，卻意外發現只有一個女人被關在裡面，於是驚慌逃跑——

這是我的劇本，最後當然是回到雙胞胎的家裡。

「喂，我好像聽見隔壁有人尖叫的聲音，隔壁家的窗戶也開著……我看見有人影逃跑的樣子……」

小直打電話報警，小哲站在門口等待警車到達。當警方踏進鄰居家時，被關在閣樓裡的女人正好也靠著自己的力量下樓來了。

我想你們應該也知道了，那個女人才是井口雅子。

「你怎麼知道的？」

第二天，雙胞胎從學校一回到家後，連忙圍著我問。

「很簡單呀。」我發覺這樣子說話還眞爽快。

「因爲我發現我們認定的井口雅子，根本就沒必要蓋那種整間都是鏡子的房屋。」

「那是什麼意思？」

「因爲她聽到打雷嚇了一跳，而且還會開車，所以我才會起疑。」

「不要再賣關子了嘛。」小哲已經受不了了，看來他的耐性比較差。

「因爲眞正的井口雅子耳朵聽不見。」雙胞胎睜大了眼睛，這一對酒瓶組合同時對著我張大嘴巴。

「可是……那不是很奇怪嗎？爸爸你不是收集了許多關於井口的資訊嗎？應該早就知道她聽不見吧？」

「她故意隱瞞了這件事，連律師都沒注意到。」

「那是不可能的。」雙胞胎你一句我一句地抗議，「上班的時候，總有人會發現吧……」話說到一半，小直先想到了，他的表情一亮。

「原來如此，是讀唇術吧？」賓果！

「其實只要成長到一定的年紀，就算失去聽覺，也能和其他人交談。只要能夠知道對方在說些什麼就可以了。因此就需要用到讀唇術。」

我是後來才知道的，井口雅子在她二十歲那年，因爲罹患突發性重聽而失去了聽覺。意志堅強的她爲了努力克服這項殘障，而學會了讀唇術。甚至她還做到了讓外人根本看不出她失去聽力的事實。

我認爲她的判斷就某些意義而言是正確的。不然一個年輕女性獨自活在人世間是很辛苦的，因爲社會到處充滿了看見你的弱點就想將你生吞活剝的壞人。

不過她也吃盡了苦頭，眞是令人佩服哪。

她之所以隨時聽隨身聽也是這個原因。比方說在馬路對面有朋友跟她打招呼，而她沒有發現，這時大聲呼喊的朋友心裡一定會很納悶，這時只要說聲「我在聽隨身聽」，對方就能諒解了。

她之所以突然之間獲得巨額的遺產，只能說是神明給她的一份獎賞，讚許她做得很好吧。

沒想到卻有別的女人覬覦她的財產。

（我可要先說清楚，我們跟那個女人不一樣。反正我們就是不一樣。）

我請柳瀨老大幫我調查的是，井口雅子的同事之中，有沒有哪個女人最近突然失去行蹤。

答案是有。就是那個女人把雅子關了起來，想要取代她。也就是那個我們信以爲眞的井口雅子。

「井口小姐一個人來到陌生的地方正打算開始新的生活，」小哲說。

「要想取代她是輕而易舉的。」小直說。

「我想她是在搬來後便立刻被那個女人軟禁了。因爲時間一拖久了，附近的人們便會認得眞正的井口雅子的長相。不過至少你們還是跟她碰過一次面。」

小哲拍了一下手：「就是跟她打招呼，她卻不理會我們的那一次嗎？」

「答對了。」

井口雅子之所以蓋那棟整間都是鏡子的房子，是想如果有人和她在屋子裡時，儘管對方背對著她，她也能從鏡中讀取對方的唇語。

「是不是眞的有那麼一個會跟她共處一室的『人』呢？」

我們也是後來才知道眞有其「人」存在。對方正在跟妻子打離婚官司，所以沒辦法常常和她在一起。不過從他一聽說井口受難便飛奔過來的樣子來看，我想他是眞心的。

想要取代井口身分的女人之所以故意跑到隔壁小鎭租車，是因爲井口雅子本身沒有駕照，她害怕會因此而露出了馬腳。至於她沒有立刻殺死井口而予以軟禁的理由，則是在完全取代井口之前，她還有挖出更多資訊的需要，思慮十分周密。

「可是……」小直提出疑問，「那個女人如果完全取代了井口，不就表示她得放棄自己的家人和朋友嗎？她還眞是鐵了心呀。」

我還沒來得及回答，小哲便發表意見：「只要有更想要的東西，這些都可以輕易拋棄的，我想。」

雙胞胎彼此對看了一眼，也許是我多心吧，他們微笑的眼神有些落寞。

「但是，能夠那麼做的人，應該也欠缺了什麼重要的東西吧。」小直說。

「沒錯，我也這麼認爲。」小哲點頭附和。

「我有個謎題讓你們猜。」聽我這麼一說，雙胞胎又恢復了原來的表情。

「井口雅子喜歡『八十七分局』和『哲瑞．雷恩』的理由是什麼？」

雙胞胎認眞地思索了一下，幾乎是同時抬起頭微笑說道：「因爲哲瑞．雷恩是個聽力有障礙的名偵探。」

「而『八十七分局』卡瑞拉刑警的太太也是聾啞人士，他們是靠讀唇術和手語溝通的。」我拍手嘉許他們，雙胞胎很高興地看著對方。

「我還可以多說一點嗎？」

「什麼？」

「卡瑞拉刑警的漂亮太太生了一對雙胞胎呢！」

「一點關係都沒有。」

從井口雅子那裡拿到的兩千萬現金，扣掉付給老大的三成，還有一千四百萬。我將其中一半交給了雙胞胎。

「要拿去銀行存好。」我特意叮嚀。

「可是存定存的話，萬一爸爸或媽媽回來看到問起來，不就麻煩了嗎？」

給他們這一筆錢，一方面是感謝他們救了我，同時也希望藉此切斷彼此之間的關係。雙胞胎有些驚訝地對看了一眼，但我表示「說好的就是說好的」，硬要他們收下。

「所以我們就此分手了嗎？」

「沒錯。」就在我起身要離開時，門鈴響了。打開門一看，門口站著兩位刑警。他們來處理隔壁家的後續事宜。

「你們好棒！」刑警頻頻稱讚雙胞胎之後，轉身問我：「請問你是？」

雙胞胎異口同聲地回答：「他是宗野正雄。」

好小子，只有現在了。沒辦法，在刑警面前我只能這麼回答：「我是這兩個孩子的……父親。」

Trouble Traveller

多災之旅

「父親大人，你好嗎？」上面寫著。

「我和小哲都很好。」這一行的筆跡和上一行不一樣。

「託您的福，我們的錢夠用。」第三行和第一行的筆跡相同。

「不知您下次什麼時候過來？」第二行的筆跡寫出的問句。

眞是受不了這兩個小鬼，連寫信也是一行一行輪流寫。

因爲聽見悶在喉嚨裡的咳嗽聲，回過頭一看，發現柳瀨老大正在看著我。他吊著眼睛的樣子，益發顯得他的長相窮凶惡極。

「難得看你有信。」他說完後一笑：「而且還是小孩子的字跡，眞令人驚訝。」

「我自己也嚇了一跳。」

實際上我壓根也沒想到他們眞的會寫信來。

寄件人是宗野直和宗野哲，一對雙胞胎兄弟。我與他們是因爲幾個月前到今出新町，那個連黑心的建築公司都不敢大聲說是「屬於東京通勤範圍」的新興住宅區工作時搭上關係的。

兩人都是國中一年級生，十三歲，住在一間大房子裡，父母不在，行蹤也不明。父母都和各自的愛人手牽手私奔了，完全沒有考慮到兒子們的生活……這實在超越常人所能理解的範圍。

但是不是常說有什麼樣的父母就有什麼樣的子女嗎？這兩個被拋棄的孩子也與常人大不相同。

「春假到了，我和小直兩人要去旅行。」

「我們要去倉敷。」

「我們會買名產給您的。」

「敬請期待。」

「最近小直做菜的功夫又進步了。」

「有空來吃吃看嘛。」

「我們還會寫信的。」

「謹此，再會。」

看起來一點都不像是被監護人拋棄的不幸小孩，不是嗎？

我得先說清楚，我可不是他們的父親。完全是對方亂叫，我可是覺得很困擾。

「他們是誰，這兩個孩子？」柳瀨老大問。

「是我的影迷俱樂部啦。」

我沒對老大提過雙胞胎的事，被他知道了肯定會嘲笑我一番。

我將信收進口袋裡，起身準備離去。

「下次有信來，記得通知我。」

老大笑嘻嘻地點頭答應。

其實專業的小偷並非只存在於電影或小說之中，在現實生活中，我就是其中一個。

柳瀨老大對我而言，既是提供我資訊的來源也是我靠行的對象。有了他，我在面對社會時，會有個比較方便而體面的職稱。這個已經停業的老律師，還擁有一家徒具形式的事務所，我算是其中的一名員工。

老大的事務所門口掛著一個可笑的招牌，上面寫著：「承攬解決各種人生的煩惱」。除了少數把這裡當成徵信所的人會上門外，平常不會有生客。我和另外兩個與老大訂有契約的專業小偷偶爾會來這裡看看，大部分的時間老爹都是一個人守著門可羅雀的店面。

說是小偷，我可不偷「沒錢人家」，專攻「有錢人家」。而老大的工作就是找出那些「有錢人家」來。

偷來的收穫，大部分是與老大對分，我們訂的契約是成功報酬的五成。

老大從他的所得之中再分配給提供資訊給他的顧問們。目前顧問一共有十三個，有法律事務所、房屋仲介、醫院和一家沒有執照的托兒所。做的都是不賺錢的工作，只知道努力爲世人貢獻付出。例如房屋仲介，租借對象都是些臥床不起的老人、生活有困難的單親家庭等，而且還免費提供公寓給他們居住。

對了，我還忘了說，我也會付給老大一些顧問費。這麼一來就表示我們是對等的關係，老大既沒有利用我，我也不受他的控制。簽約不過只是個「形式」罷了。

因爲是這種架構，我所做的工作多少對社會有所幫助，但我可不敢就自稱是「義賊」。想想我只不過是將某些人多餘的金錢轉送到缺錢困苦的人身上，從中收取一點手續費而已，其實和託運行沒什麼兩樣。

不過要是失手被警察逮捕了，可沒辦法像託運行送錯地址一樣，說聲抱歉就能了事。這也是爲什麼我拿的比例比較高的原因，裡面還包含了危險津貼嘛。

我和老大以這種方式合作，前後大概有五年多了。成績有好有壞，但畢竟成果不錯，而且五年來也都沒有被警方盯上過。就一個專業的小偷而言，我的生活算是過得相當充實。

就在這時卻和那一對雙胞胎扯上了關係。

簡單來說，我被他們救了。在我工作時遭到意外，人事不省地倒地時被他們救了。這還不打緊，他們居然知道了我的工作內容，跑來與我談交易。

基本上，那恐怕也不能說「交易」吧。

（我們沒錢了。）

（你是專業的小偷吧？應該很賺錢吧？可不可以照顧我們兩人的生活？）

（我們已經留下你的指紋了。你應該有前科吧？你也不願意又被抓進監獄裡吧？）

而且還很厚臉皮地喊我「爸爸」。這對雙胞胎不是用一般方法就能對付的小孩子。

沒辦法，當時我只好把工作所得的一半，大約是七百萬給了他們。而現在他們卻來信問說「不知您下次什麼時候過來」，開什麼玩笑，我明明已經跟他們說好從此井水不犯河水了。

（可是這樣子我們會很寂寞的。）

（至少該給我們你的聯絡住址吧。）

我本來想回句「想得美」，可是雙胞胎手上握有我的指紋。只要他們願意，隨時都能報警，也不必擔心跟我對分贓款會被問罪，誰叫他們還未成年呢，又是被棄養的兒童。

於是我才心不甘情不願地告訴他們柳瀨老大的事務所地址，連自己的本名都說了出來。聽完之後雙胞胎竟然說道：

「不太像是罪犯的名字嘛。」

「聽起來很正常呀。」

「不過叫什麼名字都無所謂啦。」

「對呀，反正是我們的爸爸。」

我活了三十五歲，這時我才明白，只知道「女人可怕」，那表示你人生的修行還不到火候，眞正可怕的只有一種人──

就是小孩子！

二

近來生意很不好。

老大那裡也沒什資訊進來。倒不是調查之後覺得沒有什麼好對象，而是根本就沒有任何資訊上門。

「唉，偶爾也會有這種情況的。」老大顯得很無所謂，但我可不行。一想到生計，我就沒辦法與老大一樣成天悠閒度日。

或許你會認爲一個專業的小偷，只要一年或兩年裡幹下一筆大生意，其他時間都可以遊手好閒，那你就錯了。一筆買賣的收入其實並沒有太多。

仔細想想，你就能知道理由何在。今非昔比，別說是上億，就連要找個有一千萬現金的地方都很難。除非挖銀行的金庫，否則一獲千金根本就是天方夜譚。

現在可說是偷竊大不易的時代。就算是闖空門，普通人家裡面幾乎都不放現金的，有的只是信用卡罷了。闖進店家也是一樣，我的一名同業曾經費盡千辛萬苦潛入小酒館，打開收銀機一看，裡面都是刷卡的存根。

「那家店絕大多數的客人是學生，我以爲絕對都是付現的。沒想到……」他憤憤不平地表示。

這是個無論做什麼都感受不到浪漫的時代。那傢伙一怒之下將所有存根偷了出來，丟到公園的垃圾箱裡。我能理解他的心情，卻無法贊同他的做法。眞要說起來，只能怪他當初打錯了算盤，應該摸摸鼻子走人就算了嘛。

就在這種情況下，我整天無所事事。雖然我的工作並非只是來自與老大的契約，但目前也找不到其他的目標，只好暫停營業。

結果在收到那封信的一個禮拜後，從老大那裡來了通知。我心想工作上門了，興匆匆地趕到事務所去，只見老大笑咪咪地坐著等我。我如果這時放聲大笑的話，肯定會被帶去看醫生。

「這次是電報。」老大說道，「是上次那兩個小鬼的名字。」

發電報?怎麼用這麼古老的方法，不過我沒有告訴他們這裡的電話號碼也是事實。

「是今天早上發來的，大概有什麼急事吧?」

我打開一看，突然間一陣可愛的電子音樂環繞在淡灰色的牆壁和鋼筋水泥外露的天花板上。旋律是令人莫名其妙的〈生日快樂歌〉。

「原來今天是你的生日呀?」老大睜大了眼睛問。

「才不是。」我闔上電報，音樂也跟著停止了。「這什麼玩意兒啊?」

「這就是音樂電報呀。」

「那是什麼東東?」

「裡面的感應器感應到光線後，就會發出音樂。通常是在生日或結婚時寄的。你還是先打開看看裡面寫什麼吧。」一打開，又是「祝你生日快樂」的電子旋律，吵得令人受不了。那一對雙胞胎是不是腦筋開始出問題了呢？

電報的一開頭就說「救救我們」。

「旅途中，」

「我們的行李被偷了。」

「在倉敷（Kurashiki）車站前，」

「錢包被偷了。」

「這樣子的話，」

「我們是回不了家的。」

「車票也被偷了，」

「也沒辦法繼續旅行。」

「請救救我們、」

「救救我們！」

「我們在車站前等你。」

看來他們兩個眞的去倉敷玩了。

「你得馬上趕去吧？」我心頭一驚。不知道什麼時候起，老大居然在旁邊與我一起讀電報。

「我才不想專程趕過去。」

「爲什麼？」

「寄錢過去不就得了嗎。」

「怎麼寄？這兩個孩子不是說他們在車站前面嗎？大概是坐在路邊的椅子上吧，你怎麼把錢寄過去呢？」

這我當然也知道……

反正就是麻煩。搭新幹線到倉敷，少說也要四個鐘頭。現在又是春假期間，路上一定很擠。搞不好還得在沙丁魚罐頭般的車廂裡罰站。搭飛機固然快一點，但我才不要坐那種爛東西。

「可以寄郵局匯票，不是嗎？我只要叫他們到那邊的郵局去提領就好了。」

「問題是你怎麼通知他們？」老大顯得很同情對方，「當初要是告訴他們這裡的電話號碼就好了。」

「那麼做的話，他們會三天兩頭打來，你會被吵得受不了。」

「你就去一趟吧。」老大有些囉唆。

「太遠了，在岡山耶。」

「不是岡山吧。」

「倉敷不就在岡山嗎？還是在廣島呢？不管怎麼說都在西邊的盡頭。」

「又不是西遊記。」老大笑道，「你再仔細看看電報從哪裡發的。」

「上面寫著**Kurashiki**（註）呀。」

「不是看電報內容，看看郵局的郵戳。」

郵戳上面的幾個字是「暮志木中央郵局」。

註：日文電報以片假名方式書寫，所以沒有漢字，只能辨認發音。

「暮志木？」

「發音一樣……」老大摸著下巴思考，「說起來，這地名我好像有印象，最近才看過的……奇怪……等一下……」老大開始翻閱那堆舊報紙。回座位時，整個頭髮都沾滿了灰塵。

「你看，就是這個。」他遞出一張兩個禮拜前的早報地方版，上面刊登著關東附近縣市的新聞和最新話題。

標題是「暮志木町新的美術館開幕」，旁邊登了一張名片大小的照片。一位穿著傳統和式禮服的白髮老人，應該是站在美術館的大門口吧，正在將繫在兩邊圓柱的彩帶剪開。

「這裡的話就沒那麼遠了。」老大說。

「美術館落成的同時，道路也整理過了。所以應該開車去很方便吧。」

「暮志木」是位於群馬縣和栃木縣交界處的一個小鎮。

三

「這麼點距離，走路也可以回到家吧。」

雙胞胎頭也不抬地忙著用餐。

「不然也可以搭便車呀。反正方法很多啦，不是嗎？」

小哲吃完最後一口通心粉後，問道：「爸爸，你做過嗎？」

「我不是說過好幾次了嗎？不要叫我爸爸。」

「可是……」小直將焗飯的盤子推到一邊，將三明治的盤子拉到面前。「肚子餓的時候，搭便車也很辛苦呀。」

「厲害一點的話，還可以讓對方請你們吃飯呀。」

「要是女生的話可能會容易點吧。」

「我們是沒辦法的。」

「那可不一定。只要做出可愛的表情，男生一樣辦得到。」

兩兄弟同時不停地眨眼睛。因爲是同卵雙胞胎，兩人長得一模一樣。笑的時候，左邊臉頰有酒窩的是小哲，右邊臉頰有酒窩的是小直。這是唯一的分辨方法。

「眞的嗎？」

「是呀。」

「但是，那樣的話——」

「我們可能也會有危險啊。」

「嗯，這麼說也是。」聽我這麼一說，雙胞胎齊聲說道：「還好叫了爸爸來接我們。」

我們坐在暮志木車站裡的「岡山」西餐廳。接近午後三點了，店裡還是擠滿了客人。等了老半天，才被帶到靠近廁所和公共電話的位置，吵得不得了。剛剛才有一個上班族的男人打公共電話不斷更正對方：「我現在人在暮志木車站，什麼？不是岡山的倉敷啦。」

「你們幹麼來這麼偏僻的小鎮？不是說好要去岡山那邊的倉敷嗎？我記得你們信上是那麼寫的。」

雙胞胎高興地笑道：「你讀了我們的信嗎？」

「原來信寄到了嘛。」

「爲什麼改變預定計畫呢？」

「因爲……」

「我們訂不到，」

「新幹線的車票。」

「不是叫你們不要用這種方式說話嗎？」

雙胞胎邊笑邊開始進攻送上來的巧克力聖代。

剛剛我說這個小鎮很偏僻，似乎有點不太公平。畢竟我只看到了車站附近的風光，但其實也八九不離十了。

小鎮沒什麼特別醒目的建築，一眼望去都是些矮房子。周圍環繞著低矮的山，車站位於東邊的山腳下。我是開車來的，不太清楚特快車是不是不停靠這裡。這兒唯一值得稱道的是車站前的停車場很大，反過來說，這地方的土地多得沒人要。

我不能說這裡鳥不生蛋，因爲人口還算不少，附近也蓋了許多小型樓房。但僅止於此。畢竟做爲休閒區，這裡離東京太近；做衛星都市，又顯得太遠。如果新幹線經過的話，那就另當別論了。可是要想讓新幹線的路線拉到這裡來，恐怕這個小鎮得生出個田中角榮（註一）第二的人物才行。就算這個遠大的計畫能成功，到那時候磁浮電車將成爲新的主流，新幹線反而成爲負面的存在。

「這個小鎮簡直是一無是處嘛。」我說完後，雙胞胎也點頭表示同意。

「不過他們很努力了。」小哲說。

「我們是來看他們努力的成果。」小直說。

「其他觀光客應該也有同樣的感想吧。」

「因爲風聲實在傳得好大。」

「什麼風聲?」

雙胞胎一邊舔著冰淇淋一邊對我說明。「這個小鎮其實就是那個觀光景點倉敷的翻版。」

「整個小鎮完全模仿倉敷。」

一開始是因爲那個「一億圓再造新故鄉活動」(註二),暮志木町也分到了一杯羹。

「拿到資金時,大家都在想該怎麼運用才有效果?」

「可是小鎮絲毫沒有特色,既沒有溫泉也沒有滑雪場。」

「也沒出過什麼名人,」

「也算不上是名勝古蹟。」

「沒有湖也沒有海。」

結果是勇敢的鎮長想出來的主意。

「何不模仿某個觀光勝地呢?」

「將整個小鎮徹底改造一番。」

「於是從名字來看,當然就非倉敷莫屬了。」

註一:田中角榮(1918-1993)日本政治家。一九七二年就任日本首相後,推行「日本列島改造論」招致日本土地炒作風潮與物價上升,一九七四年因政治獻金問題退職。一九七六年因洛克希德事件遭到逮捕,被判四年徒刑,以及追徵五億日幣,在上訴中去世。

註二:日本竹下登內閣於一九八九年推行的自治體發展獨自特色的活動。

倉敷市的居民聽到了肯定會生氣，但聽說鎮長在鎮議會上做了一場演講：「其實想一想，岡山縣的倉敷市並不是擁有很多的觀光資產。它是以白色牆瓦的街道做爲號召來吸引觀光人潮的。而那條街道只不過是一小塊被劃分爲美觀區域的專區而已，可是倉敷市卻大肆張揚地將整個城市說得好像都是白色牆瓦的建築。如果眞的能夠吸引許多觀光客前來的話，那我認爲我們模仿他們也沒什麼不可以的。」

簡直就跟強盜一樣心狠手辣嘛。

「眞是太誇張了……他們眞的那麼做了嗎？」

「嗯。從車站走出來十五分鐘的地方，他們也做了一個白色牆瓦的美觀區域，」

「而且還有護城河。」

「兩邊的商店名稱也都弄得一模一樣，」

「連賣的名產也一樣。倉敷不是有一種甜點名產叫做『村雀』嗎？」

「暮志木町的名產叫做『雀村』。」

「『沙丁魚壽司』（註一）也有翻版的，」

「叫做『野薑壽司』，就是醋飯加薑片泡菜而已。」

「還有停靠在這個小鎮的慢車，只有他們會另外稱爲『亮光號』和『回聲號』（註二）。」

「聽說站長根本沒取得JR的同意，擅自亂叫的。」

未免做得有點超過了吧。

「我要回去了。」我一邊起身一邊拿起帳單，「我實在不應該浪費汽油來到這種無聊小鎮！」

「你眞是太性急了，」小哲說。

「其實有値得一看的地方。」小直也說。

倉敷有個大原美術館，所以暮志木町的鎭長當然也要蓋個美術館才肯罷休。

「名字就叫做小原美術館。因爲鎭長的姓是小原。」我想起了報紙上那名白髮老人。

「就是那個剪綵的老頭兒嗎？」

「啊……你說的是那張照片，嗯，沒錯。我們也看到了。」

「聽說那裡本來是鎭公所。」

「他們將鎭公所搬走，用來改建成美術館。」

考慮到倉敷的大原美術館和美觀地區的相對位置，小原美術館自然也得蓋在鎭公所的舊址才行。

「鎭長的腦袋還正常吧？」

「不知道。」雙胞胎回答，「可是他將美術館的頂樓設爲鎭長辦公室，聽說每天都去上班。」

「好像還兼任館長的職務。」

「而且展出的畫作與大原美術館一模一樣。」

「當然那邊展出的是眞品，這裡的則是複製畫。」模仿到這種程度，只能說是中邪了。

「所以你們是來看這些複製畫的嗎？」雙胞胎立刻搖搖頭。

「才不是呢。」小哲說。

註一：沙丁魚壽司的發音爲mamakari，野薑壽司的發音爲mamagari，僅差一音。

註二：兩者都是新幹線的車名。

「我們另有目的。」小直說。

「其實只有一幅畫，」

「是眞跡。」

「聽說是十六世紀的西班牙畫家，」

「只知道名字叫做『塞巴斯汀』。」

「最近評價節節上升。」

「因爲他在市面上的作品不是很多，」

「所以價格很高。」

「小原美術館擁有的是一幅叫〈陽光下的瘋狂〉的習作。」

「是塞巴斯汀還未成名時的作品。」

「小原鎭長在一個偶然的機會得到那幅畫……」

「直到最近才知道竟然是那麼有名的畫家之作。」

「驚訝之餘便趕緊拿出來展示，」

「連鑑定師也嚇了一跳。」

「因爲世界知名的貴重畫作，」

「居然出現在日本的鄉村小鎭。」

坐在隔壁桌的一對夫妻就像在觀賞什麼奇異的表演一樣，直盯著雙胞胎看。當我發現到他們的視線時，雙胞胎也意識到了。兩兄弟微笑地問候對方：「你們好，」

「叔叔、阿姨。」

「你們有事情，」

「要找我們嗎？」那對夫妻趕緊起身離開座位。

「所以我不是早告訴過你們不要用那種方式說話。」

「可是……」小哲說。

「我們……」小直說。

「應該說是兩個人就像一個人……」

「還是說一個人的空間存在著兩個人……」

「所以，如果不這樣輪流說話的話，」

「感覺會很不公平。」

「總之，」我嘆了一口氣後，說道：「看完那幅什麼鬼畫之後，我們就立刻回家。」

雙胞胎並沒有報警處理行李被偷的事。他們害怕自己被父母棄養的事實萬一露餡就糟了。他們其實很滿足現在的生活，並不希望有任何變化。

我也眞是粗心大意，直到在收銀機前付帳時，看著鈔票我才猛然想到。

「喂，你們是怎麼付打電報的費用呢？」

雙胞胎老實作答：「用鈔票呀。」

「什麼鈔票？」

「五千圓的鈔票。」

「那是偷我們行李的人唯一留下的東西。」

他們兩人在車站前看公告欄時，將行李丟在椅子上，等他們回來一看，發現就在那兩、三分鐘的時間裡，椅子上已經空無一物，只剩下一張五千圓的鈔票。

「當場我們就想到要向爸爸求救。」

「於是決定用來打電報。」

「郵局裡的人，」

「以爲我們要打賀電。」

「一直推銷音樂電報給我們，說什麼接到的人會很高興。」

「所以我們就那麼做了。」

「爸爸，你喜歡嗎？」

「慢點！」留下五千圓鈔票的小偷？

「你們仔細檢查過那張鈔票嗎？」

雙胞胎彼此對看了一眼問說：「怎麼了嗎？」

「那五千圓是僞鈔。」

「什麼？」

「我想可能是『畫聖』來到暮志木了。」

無論哪個世界，你一旦進入之後就會發現裡頭其實很小。只要哪個人稍微有個什麼動作，馬上就傳開來了。我們這個業界也是一樣，誰在哪裡幹了什麼勾當？是死是活？大家都一清二楚。工作手法和習慣也是一樣。知道我一向不牽扯暴力犯罪，自然就不會有這方面的生意找上門，大家都心知肚明。

在這個業界裡，有個人稱「畫聖」的男人。說起來他年紀也一大把了，如果走在正常的人生道路上，應該也是兒孫滿堂了吧。因為某些原因——應該說是他第一次做案被捕吧，聽說他第一次犯案失手，偏偏就遇到壞心眼的刑警不給他好過，於是便失去了重新做人的機會，從此一個人在日本各地流浪。

他的外號是因為他的「嗜好」而來，他喜歡畫鈔票。

我得先說清楚，我並不鼓勵製作偽鈔。他純粹是為了興趣而畫，就像美術班的學生臨摹竇加（註）的作品一樣，他只是喜歡「臨摹」千圓或萬圓鈔票。

當然他本人不會使用那些鈔票。他的專長是偷人家放在路邊的行李，而且在做案的時候，習慣展現他的「嗜好」。

大概畫畫的人都一樣吧，希望讓別人看到自己的作品。「畫聖」也一樣，只不過他在拿走別人的行李時，會放一張自己畫的鈔票做為代替。他還很講究地在鈔票上簽名和編號。

「畫聖」所畫的鈔票，乍看之下跟眞的不分軒輊，但仔細檢查時會發現沒有浮水印，另外，由於他用的是隨手拿到的紙張，所以只要一摸就能分辨得出來。何況他用的顏料也是一般市面上賣的水彩，一淋到雨便立刻報銷。

因此我從來沒有聽說遺失行李的被害人將他的作品當眞拿去使用。如果眞的是「畫聖」偷了雙胞胎的行李，那麼他們兩兄弟此事算是開了先例。

聽完我說明整個狀況後，小哲和小直都很驚訝。

註：竇加（Edgar Degas, 1834-1917），法國印象派畫家，以舞者瞬間的動作，或是賽馬、街頭風景、浴女等近代生活為主題，留下許多重要的作品。

「可是摸起來的感覺跟眞的完全一樣。」

「我們倒是沒有確認過有沒有浮水印。」

應該是吧，畢竟連經常在碰錢的郵局員工也沒有發現。

我相信憑「畫聖」的功力，他畫的鈔票絕對足以亂眞。問題是：他從哪裡拿到做鈔票的紙張呢？

沒想到這個答案在不久之後就能當面問「畫聖」本人。因爲他就站在小原美術館那幅塞巴斯汀作品〈陽光下的瘋狂〉前面。

四

就算這個鎭長再怎麼厲害也沒辦法蓋出跟大原美術館同樣規模的美術館。小原美術館不大，整幢建築是石砌而成，樓高只有三層，很小巧，所展示的繪畫和雕刻數目，大概不到大原美術館的三分之一吧。

不過本尊的大原美術館所展示的作品也不見得都是名作。只有高更（註一）的〈芳香的大地〉、畢莎羅（註二）的〈摘蘋果〉等幾幅算是名畫吧。小原美術館算準了這一點，展示的都是大原美術館最吸引人參觀的名畫複製品。

儘管如此，美術館裡門庭若市。或許正因爲現在這個時代到處都是仿製品，這個小鎭的做法反而更受歡迎也說不定。何況本尊的倉敷離東京實在是太遠了，來這裡不管是搭電車或自己開車來都不會擁擠。

仔細想想，現在找遍全日本也找不出幾個具有特色的觀光區。頂多有個活火山或流冰之類的，就算是一大特徵了；其他的不管到哪裡看到的都是類似的風景、類似的設施、類似的名產。既然如此，今天會有這種與其到遠地不如近一點較好的選擇標準，也不難理解了。看來小原鎮長將整個觀光區原封不動地拷貝下來以「再造新故鄉」的做法，其實是非常敏銳的先見囉。

看著接踵而至的觀光客往這裡唯一的名畫——塞巴斯汀的《陽光下的瘋狂》所在的樓上邁進，感覺還是很窩心的。

「我們打算從一樓慢慢看上去。」

「爸爸你呢？」

「我不是你們的爸爸。」我說道，「我去三樓，這些假畫看了也沒什麼意思。」

「那就待會兒見。」

那幅重要畫作，擺放在三樓中央的展示室裡，果然給人不同凡響的感覺——門口有警衛看守著，保護畫作的櫥窗是防彈玻璃製的。如果不是使用寄放在銀行保險櫃裡的正規鑰匙開的話，只要畫作移動一公釐，警鈴便會大作，保證響到全鎮都聽得見。而且要打開銀行保險櫃，除了要有鎮長的許可外，還必須有兩個見證人才行。

這些相關事宜的說明就掛在那幅大作的旁邊。反倒是說明的標示要比畫作大很多，看起來實在很可笑。〈陽光下的瘋狂〉大小跟十四吋的電視螢幕差不多。

註一：高更（Paul Gauguin, 1843-1903）法國後期印象派代表畫家，否定歐洲文明，晚年移居大溪地。以充滿光彩的強烈色彩描畫平面化、單純化的人體。

註二：畢莎羅（Camille Pissarro, 1830-1903）法國印象派畫家，喜愛描繪農村、街道、港口的風景。

老實說，就我所見，我覺得塞巴斯汀是個偏執狂。

那幅畫眞是細膩到不行。如果不是個瘋子，有誰會把那麼平凡的風景畫得那麼細緻呢？根據美術館的簡介說明，據說他用的畫筆是拔自己的眉毛做的。說不定他眞的是個危險人物。

這幅畫唯一吸引我的是它的價格。聽說鎮長是在塞巴斯汀尚未成名前買的，並沒花什麼大錢，可是如今要賣的話，索價可能不下五億圓。去年夏天，一幅比這個還小的作品，在倫敦拍賣會上竟然以三億圓成交。

我覺得畫家眞是個可憐的行業。一旦作品脫手後，不管以後價格如何上漲，自己是拿不到半毛錢的。就算不計較金錢吧，要不是按捺不住那種「不得不畫」的衝動，畫家這一行還眞不是人幹的。

我一邊想著這些有的沒的一邊回頭時，便看見「畫聖」站在後面。說得正確一點，「畫聖」是站在欣賞〈陽光下的瘋狂〉的人群後面。

他雙手扠腰、挺直了背，躲在無邊鏡框後面的一雙眼睛閃閃發亮。他的身材高瘦，頭髮長到了下巴附近，如果穿得再體面些，以他的氣質說是美術評論家也能騙得過去吧。

我還沒來得及出聲，他就認出我來了。於是邊笑邊向我這邊走來。

「居然會在這裡碰見你。」

「我才要這麼說呢。」由於附近有警衛在，我將他拉到太平門的旁邊說話。

「有件事要拜託你。」

「什麼事？」

「麻煩你將今天上午在暮志木車站前偷的行李還給我。」

「畫聖」睜大了眼睛。

「那是我朋友的行李。」

「畫聖」盯著我的臉看了好一陣子，然後說道：「我以為那是兩個小孩子的東西。」

「沒錯。」

「你什麼時候結的婚？」

「什麼？」

「我不知道你有小孩呀。」

我趕緊搖頭否認：「拜託你把話聽清楚，那兩個孩子是我的朋友。」

「畫聖」一臉狐疑的表情，抬高下巴問：「我很難想像你這種成年男人會跟小孩子做朋友。如果說是跟他們的父母，我倒還能接受。」

「畫聖」屬於理論派，尤其對細節特別囉唆。

「你不必管那麼多了。拜託，錢給你，只要把行李還我就行了。」

「好吧。」沒想到他倒是答應得很爽快，我反而有點不知所措。

「錢也還給你。我總不能偷自己人吧。」

「可是……」我本來想說「你經濟沒有問題嗎？」但還沒來得及出口，「畫聖」便笑著說道：「我最近並沒有很窮。今天早上也只是因為那件行李沒人管，本能地就想試試身手。」

看著他油膩膩的褲管、薄如紙片的鞋底，實在很難相信他這些話的真實性。但我必須顧及「畫聖」的面子才行。

「是嗎？太好了。」

「我們一起去吧，我就住在附近。行李我直接放在房裡。」

「畫聖」走在前頭，離開前他瞄了一眼戴在左手上的手錶。那是連小孩子都看不上眼、和玩具一樣的便宜貨。

我也跟著看了一下時間，離四點還差十分。

我們走樓梯到一樓。由於美術館開放到四點，這時入口的賣票處已經關起來了。正面大門站著警衛，一一向離去的觀光客點頭致意。

這時，有一位白髮老人帶著一名長相與他很像的年輕男子穿過人群走了進來。我不禁停下了腳步，「畫聖」也跟著停下腳步。

「那是小原鎮長。」

「應該是吧。」

他今天沒有穿傳統和式禮服，而是穿著一套舊西裝。跟他一起的年輕男子也做同樣的打扮，只不過右手多提了一個大公事包。

「那是鎮長的兒子嗎？」我開口問。

「畫聖」點頭：「獨生子，當他爸爸的秘書。」

「你知道得可眞清楚。」

「因爲我在這兒已經待了一個禮拜了。」

我不禁注視著他的臉，「畫聖」聳了聳肩膀說道：「我很欣賞塞巴斯汀的畫風。」

原來如此。那種細密畫般的細膩風格，或許與「畫聖」臨摹鈔票的方式很像吧。

「鎮長和他的秘書每天會來這裡嗎？」

「會呀，鎮長的辦公室和〈陽光下的瘋狂〉展示室就在同一個樓層。」

「聽說這裡以前是鎮公所，其他職員在哪裡辦公呢？」

「就在車站後面的空地上搭了一個帳棚，看起來好像馬戲團一樣。」

「沒有蓋新的辦公室嗎？」

鎮長想比照倉敷市公所、美觀區域和大原美術館的相對位置，來建設鎮公所、小鎮上的速成美觀區域和小原美術館。

「我聽說了，可是這樣不是太可笑了嗎？」

「鎮長可是來眞的。蓋鎮公所的地點已經決定了，不過那是個農業用水池，聽說現在正在塡平當中。」

「再造新故鄉是很好，但是做到這種地步，一億圓也不夠花呀。」

「畫聖苦笑了一下說道：「資金倒是足夠，鎮長把他名下的山林地都賣掉了。唯一沒賣的就是這幅〈陽光下的瘋狂〉，因爲這是小鎮的招牌呀。」

整件事聽起來眞叫人瞠目結舌，張開的嘴裡都可以養鳥了。

我們穿過美術館前的寬闊庭院，正要走到大馬路時，迎面跟三個手上提著高爾夫球袋的男人擦身而過。其中一個男人扛在肩上的球袋撞到了我的肩膀。

「啊，不好意思。」男人簡短地道歉後便快步離去。

如果這個時間是要去練習揮桿，那他們還眞是迷高爾夫球。而且三個人都一副凶神惡煞的樣子，不禁令人覺得狐疑。

我們走到馬路邊時，「畫聖」又看了一下手表。馬上就要四點了。

「你跟別人約了時間嗎?」

「嗄?噢……沒有。」他笑笑說道:「我只是覺得好像從剛剛起手錶就停了。」

就在這時,背後發出一記轟然槍響。

五

我和「畫聖」立刻回頭往美術館趕去,這中間槍聲又響了三、四聲。

美術館裡還留有許多的觀光客,他們排山倒海般地竄逃出來。加上有人圍觀看熱鬧、警衛蜂擁而至,場面十分混亂。擠在雜沓的人潮中,我和「畫聖」不知不覺便走散了。

雙胞胎應該夾雜在這群觀光客之中。我大聲呼叫,但得不到任何回應。眞是丟臉,我發現自己的聲音既高亢又尖銳,可是在這種情況之下哪裡還管得了那麼多呢。這時又因好幾輛警車警笛聲不斷,我只好更加扯開喉嚨高聲呼喚。

終於從遠處傳來「爸爸」的叫聲。我撥開人潮向前靠近,看見了雙胞胎的其中一個。

「爸爸,我在這裡。」我趕緊上前抱住他的手臂,他的身體還在微微顫抖。

「你是哪一個?」

「我?我……我是哪一個呢?」

「你笑一個我看看。」小孩露齒一笑,右邊臉頰出現了一個酒窩。

「你是小直。小哲呢?」

「我不知道。」

警察和便服刑警浩浩蕩蕩地來了,開始控制秩序,在現場圍起繩索。兩名一起跑出來的年輕女子一看見小直，便興奮地抱著他說道：「哎呀，太好了。你也沒事了，你也逃出來了。」小直一臉詫異，於是女子們驚訝地又問：「剛剛被那幾個拿槍的男人抓去當人質的，不是你嗎？」小直的臉上頓時血色盡失。

「那是小哲！」

「你們不是在一起嗎？」

「我去上廁所了。」

現場總算恢復了秩序。由於歹徒利用內線電話與警方取得了聯繫，倒也沒花多少時間，就弄清楚究竟發生了什麼事。

歹徒就是那三個提高爾夫球袋的男人。看來球袋裡裝的不是木桿或鐵桿，而是獵槍。三名歹徒目前押著人質躲在裡面。他們的目標是小原鎮長，但好像是失手了，於是拿人質要脅警方將鎮長帶過來！

「像這種把小鎮當自己的，完全不把鎮民放在眼裡的鎮長，我們再也不能容忍了。」

我固然很同情他們的心情，但也不能就這樣雙手把鎮長供了出去。

「怎麼辦……小哲會被他們殺死的。」小直一臉蒼白地不斷重複這句話。

「不要把事情想像得那麼糟糕。」

警方想必也聽到犯人說「拿小孩子當人質」，所以當小直衝過去說明狀況時，他們立刻採取保護措施。我這個人無論在什麼情況下，都不想靠近警察，所以就站在警方用來保護小直的警車旁邊，假裝成一名看熱鬧的民眾。

令人驚訝的是，小原鎮長這才姍姍來遲。聽說是第一聲槍響時，他在兒子的應變下，利用安全梯躲開了這一場危機。就在他逃進樓梯間的同時，一名歹徒正好衝進了三樓的辦公室。

「我兒子沒辦法逃出來，但願他能找個地方躲起來就好了。」

日本警察通常會花很多時間審愼處理這種恐怖事件，絕對不會強行突破現場，而是「等到歹徒累了再說」，不斷地用擴音器喊話消磨時間。於是漸漸地天色暗了，在黑色森林的背景下，只見美術館的窗玻璃亮著燈光。或許這讓歹徒很不高興，他們拉上了窗簾。

由於神經始終保持在緊繃狀態，我完全感覺不到時間的流逝。結果——

一如這個事件莫名其妙地開始，整個事件也結束得很突然。晚上八點四十五分，警察分成兩路攻破防線，安全地救出人質，逮捕了三名歹徒。

攻防之時，爲了擾亂歹徒的心神，警方先關掉電源總開關，熄滅燈光。這個美術館，建築物並不大，設備卻是一流。遇到突發事故電源切斷時，會自動連接到備用的電源。這中間會有三十秒鐘的時間差。

就在這一片漆黑的三十秒鐘之間，彼此的勝負已定。警方沒有發射任何槍炮，一踏進房間，歹徒便舉手投降。

以上是警方對外的公開說明。

小哲平安地回到我們身邊。其他幾名人質也都沒有受到傷害，精神上的衝擊也還好。甚至有人質表示：「我們很同情歹徒的說法。」

警察進行館內大搜索時，躲在三樓辦公室後面儲藏室的鎮長獨生子才走了出來。他毫髮無傷，不過由於一直憋著氣不敢用力呼吸，臉色顯得十分蒼白，但表情有些驕傲。鎮長喜極而泣地擁抱自己的兒子。

我們三個人則是在車站附近的飯店房間裡，透過電視畫面欣賞到這幅光景。父子重逢充滿了戲劇性，令人感動得想掉淚。

鎮長在之後的記者會上，堅持說道：「儘管發生這種事，我還是覺得再造新故鄉的計畫沒有錯！」

這番話贏得了滿堂彩。

因爲是個大新聞，全國各地的電視台和報社的記者蜂擁而至。鎮長的兒子也與他父親坐在一起，接受眾人的提問。他看起來比外表要鎮定許多，有時還會露出笑容。

然後，我讓雙胞胎留在飯店房間裡，一個人去找「畫聖」。目的是爲了向他拿回行李。

他坐在旅館的大廳看報紙，聽我說明來意後，立刻回房間取行李出來。

「幫我跟他們說聲對不起。」

「好。對了，你的作品不用還吧？」

「我的作品？」

「五千圓鈔票呀。那兩個孩子以爲是眞的，居然拿去用掉了。」一聽到這裡，「畫聖」整個人笑翻了。

「眞的嗎？太好了。」

「那應該算是你很得意的傑作吧？」

「是我目前爲止最棒的作品。」

「那還是拿來還你比較好吧？」

可是「畫聖」卻斷然搖頭拒絕：「不用了，那種水準的作品我還畫得出來。要畫幾張都沒問題，你不必放在心上。」

怎麼能不放在心上！

「如果你想靠製作僞鈔來賺大錢，我勸你最好不要。那根本不像你的作風。」

「畫聖」聽了捧腹大笑。

「我想靠製作僞鈔賺錢？開什麼玩笑。我有必要那麼做嗎？」

「我很清楚你的本事，問題是紙張來源。觸感類似鈔票的紙張，不是那麼容易找到的。你究竟是從哪裡弄到手的？」

有人說只要能解決紙張問題，僞鈔的製作幾乎可說是成功了八成。可見得那種紙張有多難弄到手。

「畫聖」聽了樂不可支。

「紙張要多少都沒問題，到處都有。只要換個想法就好了……」

那一夜躺在床上，耳畔始終縈繞著「畫聖」的笑聲。

迷迷糊糊之際，不斷地夢見過去的往事。

有一次「畫聖」在停在車庫裡的山手線車廂上塗鴉，還痛毆了前來制止的員工，結果遭到警方逮捕。當時我還去探望過他。我說鐵路公司因爲「畫聖」的塗鴉怎麼處理都沒辦法消掉而暴跳如雷。「畫聖」聽了卻悠然地表示：「誰叫他們不來請教我。想知道的話，我還可以透露『特製墨水』的配方給他們呀……」

那個時候，「畫聖」也是邊說邊笑……

六

第二天早上醒來時，我總覺得沒有看到那張「畫聖」畫的五千圓鈔票有種不甘心的感覺。一用完早餐，與雙胞胎約好見面地點後，我便獨自往他們打電報的郵局走去。

我想這是個小鎮，應該沒什麼問題。查詢之後果不其然，昨天收進來的現金，還放在郵局的金庫裡。

「昨天我們家的小孩來打電報。電報本身沒什麼問題，問題是他們付的五千圓鈔票，上面有我手寫的保險櫃密碼。因爲我怕記不住，在還沒找到適合的地方記下來時，順手拿了張鈔票便記了下來。可是現在鈔票不見了，我很困擾。不知道能不能幫幫忙找出那張鈔票呢？」

窗口的服務人員還記得來打電報的雙胞胎。

「你是他們的父親嗎？看起來好年輕呀。」對方有些驚訝，但還是很親切地幫我檢查鈔票，看看有沒有哪一張在空白角落有寫上數字。

「是這張嗎？」

沒錯，上面有「畫聖」的簽名和編號。

「謝謝你，我用這張鈔票跟你換。」

我拿出另外一張五千圓鈔票，將那張得來不易的僞鈔收進了口袋，趕緊離開郵局。到目前爲止還沒有人發現這是張僞鈔，只能說是萬幸。

來到明亮處後，我拿出來仔細觀察。

「畫聖」的技術果然又進步了，的確是臨摹得極其精緻。連紙張的觸感也幾可亂眞。

我心想該不會連浮水印都畫得出來吧？

心中一邊懷疑一邊透著陽光檢查，不禁嚇呆了！

裡面還眞的有浮水印。

我拿著鈔票到處尋找有水的地方，像浣熊般拚命搓洗。

上面的顏料逐漸脫落了。

果然這是「畫聖」描繪的僞鈔。

因此，結論只有一個！

我在前往跟雙胞胎約好的停車場前，又繞到了「畫聖」的住處，但是他人不在。櫃檯小姐說：「他一早就出門了。」

「妳知道他去哪裡了嗎？」

小姐笑了一下回答：「大概是去小原美術館吧，他每天都會去。」

這個推測十分正確。「畫聖」就站在三樓展示室〈陽光下的瘋狂〉那幅畫作前面。

由於是一大早，遊客只有三三兩兩，「畫聖」可以一個人占據整幅名畫。

我思考了一下該怎麼跟他開口？畢竟我不認爲「畫聖」的精神狀況有異。

就在這個時候，一對學生樣的情侶走了進來，往〈陽光下的瘋狂〉走去。我心想「畫聖」會怎麼做呢？他很乾脆地讓開了，讓那對情侶能夠好好地觀賞。

他向旁邊後退了一步，注視著那對欣賞畫作的情侶。他的側臉閃爍著過去我從未看見過的光輝。

於是我決定默默離開。

在回程的車上，小哲和小直很熱心地聽著收音機和讀著車站買來的報紙。小哲因爲報導裡提到了他而興奮異常，兄弟倆輪流朗誦報上的文字，車裡的氣氛熱鬧到極點。

「好像有人擔心那三個歹徒會不會把畫搶走。」小哲說。

「這也難怪呀，誰叫那是日本僅有一幅的塞巴斯汀作品。」小直點頭說

「收藏家也眞是奇怪。」小哲朗讀報上的文字，「儘管不是自己的收藏品，一旦聽說有貴重藝術作品被搶，就開始擔心那件藝術品會不會受到傷害而坐立難安。」

「是這樣子嗎？」

「但是相反地，他們又有種情結，願意用盡各種手段去得到他們想要得到的作品，就算這一輩子那件作品不能展現在世人面前，他們只要能夠擁有便覺得滿足。所以當聽到一群武裝的歹徒闖入小原美術館時，他們心中立刻想到：『原來有人跟我一樣，終於受不了而使出強硬手段了。』」

「眞是好玩。反正是放在美術館裡的畫嘛，他們爲什麼不想成是自己的收藏借給美術館展覽就好了呢？」

因爲我沒有應聲，雙胞胎擔心地側著頭問我：「爸爸，你怎麼了？」

我在想事情呀，小鬼。

對方很遵守時間。

我們約在深夜公園裡的樹叢後面見面。這一次老父親沒有祭出獵槍來，看來我之前的擔心和顧慮都是多餘的。小原鎮長只是手提著一個裝滿鈔票的旅行包前來赴約。

「這樣你就眞的會守住這個秘密吧？」黑暗中，只有鎮長的白髮閃著銀光。

「當然，我一定保守秘密的。說出去對我一點好處也沒有。」我一接過旅行包後，鎮長便跌坐在草地上。

「爲什麼……他要那麼做呢？」鎮長抱著頭喃喃自語。

我回答：「因爲你爲了再造新故鄉把整座山林地都賣了，讓你兒子有了危機意識。」

「可是一旦小鎮發展了，對他也有好處呀。我做這一切不都是爲了他嗎？」

「你兒子想追求眼前的利益吧。」

鎮長一副垂頭喪氣的樣子，看得令人有些心酸。

我來說明一下爲什麼會變成這樣吧。

那一天的騷動——挾持人質的槍擊事件，主要目的並非是要彈劾鎮長，而是要將三樓裡的所有人都趕出去，好讓鎮長兒子可以以「躲起來」爲藉口留在裡頭。

爲什麼呢？沒錯，他要將〈陽光下的瘋狂〉那幅畫掉包。

那一天鎮長兒子手上拿著公事包，裡面其實裝著贗畫。他跟他父親一起來到小原美術館，等歹徒闖進美術館之際，他再拿出贗畫等待時機。

他等的是警方將電源總開關關掉，突破防線進來的短暫片刻。

當電源一切斷，保護〈陽光下的瘋狂〉的警報裝置也會跟著斷電。他就可以利用連接到備用電源的三十秒鐘之間，神不知鬼不覺地將名畫掉包，將眞畫藏在公事包裡，跑出去找警方「保護」

了。

或許，把偷出來的名畫賣給藝術品收藏家。並不是鎮長兒子想出來的計畫，而是收藏家提出來的吧。

一旦一幅眞跡名畫變成永遠不能見天日，或許賣不到市價五億圓，但相反地也很可能有些收藏家即使如此也搶著要，願意承擔風險成本而高價求購。不管怎麼說，鎮長兒子和三名共犯平分後，至少會有一億以上的報酬吧。

不過這是他們的家務事，我無意介入，也沒有權利干涉。我只是打了個電話給鎮長，建議他應該私下找人再鑑定一次名畫，並問他兒子是怎麼一回事。也因爲如此，我才能收到這份相對的報酬。

「話又說回來，那個畫贗作的男人，技術還眞是厲害！」鎮長感嘆道，「連鑑定師都嚇到了。」

是嗎？憑「畫聖」的技巧應該是沒問題的。

我之所以推想得到其中的蹊蹺，線索即來自於那張五千圓僞鈔。

那是一張百分之百的僞鈔，是「畫聖」親手繪製的。

只不過他用的是貨眞價實的鈔票用紙。他是將眞鈔上面的印刷消除後，重新作畫。

能夠做到這種地步，表示「畫聖」並非逞強，他眞的一點都不「貧困」。專門順手牽羊的他，竟然能夠有那麼多的錢讓他做那種事，於是我不禁揣想：他的錢是怎麼來的？

原來，「畫聖」受到了鎮長兒子，或者收藏家之託，答應臨摹〈陽光下的瘋狂〉，拿到了一筆報酬。而他沒有到處揮霍，只用在一個單純的目的上。

他只想確認自己臨摹鈔票的功力究竟到了怎樣的水準。

他想試試看如果紙張一樣，自己的功力是否完美到讓收到鈔票的人不會產生任何的懷疑。

因此當我告訴他雙胞胎信以爲眞地用掉那張鈔票時，「畫聖」很高興。

「畫聖」之所以答應臨摹〈陽光下的瘋狂〉應該也是爲了滿足他的自尊心吧。他每天跑到美術館那幅眞跡前，觀察觀眾的反應。等到計畫實現後，牆上掛的變成了自己的作品，觀眾的反應還是一樣。

透過觀眾的反應，他確定了自己的功力已臻完美，不禁有些驕傲。

其實說起來，這整個計畫牽扯到了「畫聖」的自尊心，他很擔心成功與否，所以那一天才會那麼心神不定地老是看手錶。畢竟機會只有那短短的三十秒鐘！

「『畫聖』是僞造的天才。」我說道，「所以你就讓那幅畫繼續放在展示室裡，沒有什麼好擔心的。」

「但願如此。」鎮長的神情索然。我只好悄悄離去。

關於這件事，我還是把眞相告訴了雙胞胎。畢竟我多少也有些自我表現慾，這種事完全保持沉默不說，未免也太可惜了。

聽我說完後，雙胞胎表示：「這不也很好嗎？」

「一個全是仿冒品的小鎮，」

「展示僞造的贋畫正好。」

「反正去看的人，」

「也都是被流行牽著鼻子走的。」

說完，兩人同時露出嚴肅的表情。

「又怎麼啦？」

「我被挾持做爲人質的時候，不是被拍到上了電視嗎？」

「是呀，上了電視。」

「爸和媽看了電視後，」

「分別都打電話回來了。」

我一時之間說不出話來。

「他們有說人在哪裡嗎？」

「沒有。」

「只是說了，」

「沒事就好。」

「要我們乖乖去上學。」

「不要感冒著涼了。」

「爸要我們幫他跟媽道歉。」

「媽則要我們跟爸說聲對不起。」

「兩個人，」

「都還以爲對方跟我們住在一起。」

看我始終沉默不語，雙胞胎輕聲問：「你怎麼了，爸爸？」

我在想事情。

爲什們你們叫親生父母「爸和媽」，卻叫我「爸爸」呢？

爲什麼我就要多一個字呢？

說不定這裡面意味深長……？我在想。

One-night Stand

僅此一場

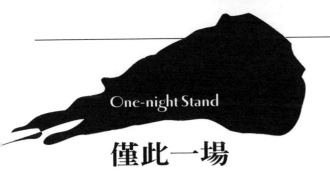

一

「家長會你會來嗎？」

「不只家長會，還有教學觀摩也要。」

「會吧？你會來參加吧？」

自從從事觸犯法律的危險工作以來，我對於什麼「我是不是聽錯了」、「我簡直不敢相信自己的眼睛」之類的說法便難以認同。因爲千鈞一髮之際，我只能憑著自己的五感行事。但是唯有此刻，讓我不禁懷疑自己的聽力是否正常。

家長會？我眞不敢相信。

「你們腦袋還正常吧？」

「爲什麼，」

「那麼驚訝呢？」

「我何必那麼悲哀地去參加你們的教學觀摩呢？」

「因爲你是我們的爸爸呀。」

「這一點都不悲哀。」

「因爲能夠親眼看見，」

「自己的小孩成長，」

「難道不是，」

「很值得驕傲的事情嗎？」

「不是告訴過你們好幾遍，不要用那種方式說話嗎？」結果電話那頭傳來了笑聲。

「眞厲害，不愧是，」

「我們的爸爸！」

「居然聽得出來，」

「我們的聲音。」

「不愧是我們的爸爸。」

我氣得想掛掉電話，但他們好像看穿了我的心事，兩人異口同聲地大叫：「不要掛斷、不要掛斷。」

「還有什麼事？」

「明天還是後天都好，能不能來我們家一趟？」

「因爲教學觀摩是在這個禮拜五，」

「我們想有些事應該事先商量好才行。」

「商量什麼事？」

「那還用說嗎？」

「就是你在家長會時的安身之計呀。」

「你很笨耶，小哲。應該說是處身之道吧。」

「是嗎？可是處身之道不是指維生之道嗎？」

「隨便哪個都好啦。只要爸爸你肯來的話……」

「我們就請你吃，」

「很棒的馬賽魚湯。」

要想不聽他們倆你一句我一句地自說自話，看來我只有掛上話筒了。我也眞的那麼做了，彎著腰始終在後面看著我的柳瀨老大悠然地說了一句話：「看來他們挺讓你坐立難安嘛。」

打電話給我的這一對乖巧可愛的雙胞胎，住在東京「郊外」。我特別用引號來表示，是因爲那裡眞的有夠郊外！他們是住在新今出町這個新興住宅區的一對十三歲雙胞胎兄弟。其實如果根據他們自己的說法：「應該說我們兩個人就像一個人呢？還是說一個人的空間存在著兩個人呢？」那麼應該稱他們是一對「雙胞胎兄兄」或「雙胞胎弟弟」才比較正確吧。

他們是同卵雙胞胎，一眼看過去簡直是如假包換地一個模子刻出來的。笑的時候，左邊臉頰出現酒窩的是宗野哲；右邊臉頰有酒窩的是宗野直。這是唯一可以分辨兩人的方法；不過光靠這點想百分之百地分出誰是誰，實際上是件很困難的事。

很多時候，當我們提示「東西在左邊還是右邊」時，往往讓人更加混亂，做出錯誤的判斷。或者，如果你用「面對自己的左邊」或「面對自己的右邊」之類複雜的說法，在緊要關頭反而更讓人分不清左右。以前我因爲本業不景氣，經濟有困難的時候，曾經在汽車教練場當過一段時間的教練。學生不小心踩錯油門和煞車，我就會大叫：「不對，右邊，踩右邊的踏板！」

可是這麼叫根本沒用。還不如喊「拿筷子的那一邊」才能發揮效果（但是萬一對方是左撇子可就不一定了）。不管怎麼說，最好的一招就是踢打對方你要他知道的那一方向的腳和手，這絕對百分之百有效（只不過聽說這種教練馬上會被辭退）。

話題扯遠了，總之我要說明的是，想要分清楚他們兩兄弟不是件容易的事。大概就是因爲周遭的人經常搞錯，因此他們的媽媽才會在他們衣服的胸口縫上名字的英文簡寫，看來爲了破壞雙胞胎的一致性，媽媽著實費了不少苦心。

我之所以用「大概」、「看來」之類不確定的字眼，是因爲目前他們的媽媽行蹤不明，我只能用推測的。

那麼他們的父親呢？一樣也是失蹤人口。據說他們的父母各自跟心愛的人手牽手私奔了。那是發生在雙胞胎他們一家搬到今出新町的新家，還不滿半年時的事。

你覺得他們的父母很無情無義嗎？事實上我剛跟雙胞胎他們扯上關係時也這麼覺得，但現在卻不那麼想了。我猜想他們的父母在養育這對酒瓶組合般的雙胞胎時，可能發現再繼續下去，自己的人格會因此而錯亂，所以才會逃家而去吧。因爲這對雙胞胎兄弟實在是乖巧可愛得不得了呀！

我的本行是小偷，也可以說是職業竊盜。當然這種職業是不會登記在電話簿上的。爲了能在社會上有個說得出口、拿得出去的名分，我需要一個空頭職業。因此已經停業的律師柳瀨老大便成了我表面上的雇主，老大所擁有的那家小巧事務所就成了我的上班地點。柳瀨老大事務所掛著一塊笑死人的招牌，上面寫著：「承攬解決各種人生的煩惱」。不論是國稅局的查稅員、出租辦公室的業者還是經過的路人抬頭看見那塊招牌，心中一定會想「大概是徵信所還是偵探社吧」。這世界就是那麼好騙。

所以呢，我身爲柳瀨老大事務所的員工，職銜就叫做「調查員」。本來偷竊之前就必須做很多調查，因此這也不算是天大的謊言。而且在我的本行裡，老大也是我的靠行對象，儘管我不是他的「員工」，但我們之間存在著契約關係也是事實。除了我之外還有幾位同業，也是靠著老大提供的資訊做事，事成之後依照契約與老大分享報酬。然而我從來沒有跟他們碰過面。

我的前言說的太多了。我會遇上今出新町的雙胞胎，就是在我做那種事的時候。說得清楚一點，我因爲在行竊的過程中出了點差錯，被他們救了起來。可是撿回一條命和不必再受囹圄之苦的代價是，小偷的身分曝光了，還被兩兄弟威脅「要不我們去報警，你願意嗎？」最後的結果是我必須答應賺取生活費給他們，因爲他們被父母棄養了。

同時我還答應，當他們覺得有「父親」存在的必要時，我就必須代替他們失蹤的父親出面。奇怪的是，兩兄弟的遭遇居然引不起社會的關心，沒人把他們當棄養兒看待，而他們自己也希望能安安靜靜地過日子，所以當有像這次的家長會、社區的集會時，就必須要有「家長」出面處理。

這個時候的我就很好用了。因爲是新興住宅區，街坊鄰居之間幾乎沒有交情；加上他們父母都在上班，在東京都內也租了房子，只有週末才會回到今出新町的家，因此我取代他們父親的角色，幾乎沒有被人看穿的危險。

不過有一點我可要先說清楚，以我的年紀要有國中一年級的兒子是太年輕了。雖然就生物學的觀點，我有那麼大的孩子並不足爲奇；但從社會習俗來看，我才剛滿三十五歲，就已經擁有即將十四歲的小孩，畢竟是罕見的例子吧。

可是雙胞胎走到哪裡都愛亂叫我「爸爸」。而且就算沒有什麼必要，也還是常常要求我行「父親」之實。我堅持不肯透露家裡的地址和電話號碼，他們沒辦法只能與柳瀨老大的事務所聯絡。打完那通「參加家長會和教學觀摩」的無理要求的電話後，隔天傍晚他們又發了傳眞過來。

當我發現柳瀨老大居然會收傳眞，已經很驚訝了，再發現老大事務所裡那個塞在牆角、滿是灰塵的大型機器竟然是傳眞機時，更是嚇了一跳。看到那台傳眞機還能運作，簡直是感動莫名。我甚至擔心NTT是否能確實掌握這裡有台傳眞機正被使用著，但其實是我多慮，因爲老大的電話線路很可能都是偷接的。

傳過來的是雙胞胎手寫的傳眞：

「看來您今天是不會來了。」

「我們很失望。」

「如果明天也不來的話，」

「就不能好好商量了。」

「那就連馬賽魚湯，」

「也吃不到喲。」

「家長會和教學觀摩，」

「是在後天，星期五。」

「一定要來喲。」

「在您來之前，」

「請先想想」

「要如何塡寫這張問卷。」

「我們會將問卷傳過去。」

眞是講不聽的小鬼，連寫信也是一行一行交替著寫。

「是嗎，你能分辨他們兩個的筆跡嗎？」柳瀨老大問我，「我怎麼看筆跡都一樣。」

「你該不會是老花眼鏡度數不夠了吧？」我說，「小直的字，有稜有角的，一筆一畫勾勒得很清楚。小哲就比較隨性，你看，不是一目了然嗎？」

老大重新調了一下眼鏡，仔細盯著傳眞看，然後又搖了搖頭，並露出大門牙竊笑。儘管都已經是七十五歲高齡了，牙齒全都是眞的，光憑這一點就知道他很不簡單。

「你果然是他們的父親嘛。」

「開什麼玩笑！」

「人家說，沒有父母，孩子也會自己長大成人，但是沒有小孩，父母是不會有所成長的。你越來越成熟了。」

我懷疑老大的腦筋是不是有問題。梅雨季節才剛結束，怎麼暑氣已經開始逼人了？看他把我放在一邊，和雙胞胎兄弟打得火熱，這一點讓我心裡發毛。搞不好哪一天他還會說要去拜訪他們今出新町的家呢。

「老大，你還好吧？」

「沒事，我好得很。」他一邊摸著七三比例的花白鬍鬚，故意裝蒜道，「你如果是那兩個孩子的父親，我就是他們的爺爺了。想到這裡我就樂了，我的爺爺愛也覺醒啦。我看你也應該學著釋放一下父愛才對。」

最近生意做得不錯，陸續有大批進帳，老大和他的顧問群——一些苦哈哈但很有良心的法律事務所、托兒所、房屋仲介也都雨露均霑。或許就是因爲太過安逸，他開始有些痴呆的現象了。我趕緊告辭離去。

我跑到附近的咖啡廳避難，順便拿出兩兄弟傳眞過來的「問卷」看看。那是導師寫給學生家長——原本都是寫母姊（近來如果不改成這種說法，婦女團體好像會不高興。話又說回來，反正用電腦打，不過敲一下按鍵就能變換，不是嗎？）的詢問信。

「貴子弟在家是否會提到學校裡的事？」

「貴子弟是否會與朋友出去玩、帶朋友回家呢？」

「貴子弟晚上是否睡得安穩？」

「就父母的眼中所見，貴子弟有哪些長處？」

「同樣，有哪些缺點？」

上面列舉了諸如此類的問題，是導師親筆寫的。字體一律向右上方翹，顯得很有個性，但不愧是老師寫的，字跡清晰、易讀。

近來的公立中學還眞是親切。我以前讀國中時，學校哪管你晚上睡不睡得好。也許應該反向思考，這表示現在脆弱的小孩太多，多到導師必須關心這種事。

不過……小哲和小直都很健康，健康到殺也殺不死，總是一臉笑嘻嘻地站在你面前，所以沒什麼好擔心。偏偏我就是不太想塡寫這張問卷。

因爲我的字寫得很醜。

我不是謙虛，我的字眞的上不了檯面，所以我不常寫字，也沒什麼機會寫字。唯一會被要求寫字的場合，就是住飯店時的個人資料登記，但不識相的飯店員工還是會很有禮而囉唆地問：「請問大名該怎麼唸呢？」以前與我同居的女人就曾經形容我的字是「一群死掉的蟲子浮在水面上一樣」。

雙胞胎的親生父親宗野正雄，在離職和女秘書私奔之前，是一家大型不動產公司的營業部經理。學校和其他學生的家長當然也知道這個事實，因此我要扮演這樣一個人物，卻寫出一手死蟲般的爛字，豈不太不像話了嗎？

而且大部分的家庭，至少有九成吧，負責塡寫這一類跟學校有關的資料都是母親的工作。父親會親自動筆來寫，除非是因爲他對子女的教育特別熱心，不然就是單親家庭。會去參加教學觀摩的父親已經少見，願意認眞塡寫這種問卷的父親更是稀有動物了。

我想我應該還是不要塡寫比較好……想著想著才猛然一驚，我這不是在不知不覺之中中了他們的計了嗎？

我一個人怒氣沖天地離開咖啡廳往車站走。隨著電車搖晃之際，忽然想到也可以用文字處理機作答呀。等我回過神來，已經在秋葉原下了車，一路往即將打烊的電器行衝去。

就這樣，我開始勤練打字。其實我以前打過，所以感覺不是那麼難，但就是容易肩膀痠疼，而且常常會打錯字或轉換錯誤，看來要用這種方法來塡寫問卷，恐怕得花上一段很長的時間。

於是，我又想，那兩兄弟也眞是粗心大意，居然忘了告訴我最重要的事。

小哲和小直分別上不同的國中，那是爲了怕引起校方混亂採取的對策。小哲跨區到隔壁小鎭的國中就讀，小直則是讀今出新町的新學校。

究竟是誰的學校舉辦家長會和教學觀摩呢？不同的學校，因應的態度也會不同。而且還剩下半個月就暑假了，選擇非假日舉辦教學觀摩也是挺奇怪的，該不會發生什麼事了吧……

我是怎麼了？想這些有的沒的，不是又中了他們的計了？沒錯，我還是承認吧。我就是想幫他們。

可惡！

二

隔天我到達雙胞胎家的時間，大約是下午五點。儘管已經傍晚了，天氣還是很悶熱，加上昨夜忙著練習打字，有點睡眠不足。我一邊打哈欠一邊按門鈴。

大門立刻開了，其中一個雙胞胎走出來。

「啊，爸爸！」因爲笑的時候右邊臉頰出現酒窩，所以我知道他是小直。

廚房裡傳來香味。「不是離吃晚飯的時間還很早嗎？」

「嗯，可是因爲小哲餓著肚子回家，所以剛剛做了點心。」

「是嗎，做了什麼？」

「夾心麵包。我們想等你來之後一起吃。」

我不禁皺著眉頭瞄了一下餐桌上的盤子。上面有煎香腸和一顆荷包蛋。果然是同卵雙胞胎（註一）。

「賞你們一個坐墊（註二）！」

小直一臉莫名其妙地問：「是我們家椅子太硬，讓你屁股痛嗎？」

「沒事，當我沒說。」

註：日文中，香腸與雙胞胎諧音，此處爲諧音笑話。

註：日本的相聲節目《笑點》（一九六六年開播至今）中，當主持人覺得哪位來賓的笑話有趣時，就請助理將對方的坐墊加高，以此評分。

最近的小孩連《笑點》裡的相聲比賽都沒聽過。

「爸爸，你不吃嗎？」

「不要，我想留著胃吃馬賽魚湯，現在還是省了吧。」

餐廳整理得乾淨清爽。簡單地說，剛剛才做過東西，但是流理台和爐子都已經擦得一塵不染亮晶晶。雙胞胎平常都是公平地分攤家事，只有做菜完全是小直的工作。看他這麼喜歡而且又會做菜，將來一定是個好老公。

我已經有兩個月沒來他們家了。當我一走進客廳時，發現有一處跟以前不一樣。原本掛在櫥櫃旁的水彩畫不見了，換成一幅放大成同樣大小的攝影作品，還鑲上了畫框。

那是一幅車站的夜景。很是今出新町隔壁站的車站，停靠的電車並非通勤電車，而是很像科幻電影中出現的新型設計，流線型的車廂搭配寬廣的窗玻璃。畫面中的應該是展望車廂，隔著寬廣的玻璃可以看見裡面的可動式座椅。

「這是小哲拍的嗎？」我一問，小直的臉從門後伸出來，表情一下亮了起來，「嗯，沒錯。拍得很好吧？因爲拍得太好了，一直都掛在攝影社的辦公室裡，好不容易才要回來的。」

「拍得很好。夜間攝影本來就很難，他的技術又進步了。」

我知道小哲進的社團是攝影社，小直是文藝社。兩兄弟雖然手腳靈活，但就是與運動無緣。他們常說：

「運動有很多奇怪的規則，實在搞不懂。」

「那輛電車很炫吧！」

「嗯，它很新就是了。」

「那是今年秋天才正式啓用的新型特快車。聽說測試的車廂從組裝工廠送到東京時，途中會經過隔壁車站。因此小哲專程跑去拍攝。」

「那不是在半夜嗎？」

「嗯，要等到最後一班車開走。所以我們做了便當，還泡了很濃的咖啡帶去。等了好久喲。坐在鐵軌旁邊的草叢裡，都快凍僵了。」

儘管如此，小哲去哪裡小直也會跟著去，兩人眞是好搭檔。

「其他攝影社的成員呢？」

「因爲湊不到夜間攝影用的器材都放棄了。小哲還專程跑到東京找到可以只租器材的公司。」

噢，不是買的嗎？我不禁有點高興了起來。

因爲他們救了我，所以我當初給了他們一大筆錢。就算他們付了房貸與生活費，現在應該還剩下不少。想買的話，高感光度的鏡頭要買幾個都不成問題。

可是他們還是沒有亂花錢，眞乖。我教育得眞是成功呀……哎呀，好險！剛剛那句話當我沒說。

原來是小哲的學校辦家長會和教學觀摩，也就是隔壁鎭的國中。

「因爲這附近的城鎭都是新興住宅區，很多人都是今年春天因爲調職才搬過來的，生活步調還沒有完全定下來，所以本來應該是在春天舉辦的教學觀摩便改在暑假之前舉行。等到第二學期開始，一切都上了軌道後，老師便開始要作家庭訪問了。」

當我們吃完晚飯，坐在客廳休息時，小哲開始說明。這麼大的房子只有兩個小孩住實在很奢侈，但是雙胞胎坐在客廳休息時，看起來就像是這個屋子的主人，眞是不可思議。

「爲什麼選在非假日呢?這樣不是有很多家長不能去嗎?」

「我們也這麼覺得呀。」

「因爲校長換了人，所以學校的方針也改了，不是嗎?」小直插嘴問。

「沒錯。校長好像認爲，在星期天辦教學觀摩，好像在做戲很不自然、沒有意義。如果眞的很關心孩子的話，就應該跟公司請一天假。」

這麼說的話，好像也有道理。

「不過我還是不想去，我只要將問卷寫好給你交出去不就得了嗎?你的導師應該知道你們父母都在工作，只有週末才能回家吧?」

小哲和小直彼此對看了一眼。

「嗯……」

「可是……」

「最近」

「有點問題……」

「附近鄰居，」

「開始傳說，」

「家裡是不是只有我們兩個小孩住。」

「這樣實在很麻煩。」

「所以是不是，」

「能麻煩爸爸出面一下呢？」

說完兩個人又四目相對，然後彷彿說好似地一起低下了頭。

我雖然搞不懂是怎麼回事，但就是覺得十分可疑。雙胞胎突然又開始我最討厭的「分割式說話法」，讓我覺得有點不太對勁。只是我實在不知道究竟是什麼不太對勁。

「既然如此，那也沒辦法了。」聽我這麼一說，兩人立刻恢復了精神。

「眞的嗎？」

「謝謝！」

「既然答應要去，」

「就打扮得帥一點。」

「跟老師多聊一點，」

「因爲你是我的好爸爸啊。」

而致命的一擊是小哲喊出來的這句話：「我的導師長得很漂亮喲！」

我本來就已經很緊張了，偏偏小哲又告訴我多餘的資訊，更叫我睡不安穩。躺在小哲幫我準備的床上翻來覆去一個小時後，我決定還是起床到客廳走走。

一邊抽著菸，一邊在腦海裡反芻——剛剛跟雙胞胎沙盤推演，老師怎麼問，我怎麼回答。還好家長會是以班級爲單位，不是一對一的面談，因此不太可能和導師直接對話。就算被問到了，也只要說些無傷大雅的回答就行了。

放心好了，不會穿幫的，我不斷安慰自己。

儘管如此，就是沒有睡意。我到走廊打開儲藏室，想找找看有沒有什麼可以打發時間。負責整理這個家的雙胞胎做事謹慎、愛惜物資，儲藏室裡塞滿了空箱子、包裝紙和綑綁成堆的報紙跟雜誌，簡直馬上就能拿出去和收破爛的人交換衛生紙。可悲的是，如今肯交換衛生紙的收破爛業者越來越少了，幾乎不繞到這附近，於是舊紙頭越積越多。

不論內容是軟性還是硬性，小直和小哲似乎還沒開始看大人看的雜誌。偏偏我又不愛看漫畫，只有翻翻前面那疊還沒綑綁的報紙，希望找到什麼能看的。卻發現一件怪事。

舊報紙到處都被挖了洞，文字被挖掉了。

我檢查了一下，遭到這種迫害的只有上個月底的早晚報。根據剩下的文字判斷，被挖掉的怎麼看都令人不太舒服。

「脅迫」、「警察」、「警告」……

還有——「殺人」。

我將舊報紙放回去，抬頭看著上面雙胞胎躺在裡面呼呼大睡的房間……

三

小哲的導師果真很漂亮。雖然穿著灰濛濛的樸素套裝，但只要有她在的地方，就顯得格外明亮。小哲這傢伙也許問題很多，但審美眼光卻毫無偏差。

老師名叫灘尾禮子，年齡大約二十五、六來歲。身材嬌小，屬於豐滿型，但是一雙腿修長細緻，腳踝細得可以。蓬鬆的鬈髮環繞在她脖子周圍，應該沒有任何分岔吧，一頭秀髮在日光燈的照射下，閃閃動人。

既然是這樣的美人，我根本就不在乎她身爲導師的能力好壞。反正小哲和小直是那種不論學校裡的老師多優秀或多無能，也是毫不在意地厚著臉皮成長的孩子，所以我犯不著多操心。

今天的行程安排是孩子們十點前到學校，之後讓家長參觀分組教學，爲時兩小時。之後孩子們吃完營養午餐便放學。下午一點起兩個小時是各班級的家長會，休息三十分鐘後，三點半起在體育館舉辦全校的家長會。

我今天出席的目的是要幫小哲，甚至是雙胞胎證明他們的父親確實存在，所以必須配合學校安排的行全程參與。小哲甚至說：「爸爸只要露一次面，以後就算都不參加學校的活動，也不會有人覺得奇怪了。」

他說得有道理，反正我都已經上了賊船，當然也希望一次就能見效。只不過只要一想到之後也得再去小直的學校露一次面，我就頭大。

因爲老實說，我在前來參加活動的家長之間，居然成了明星。忍受著來自四面八方的無禮視線，還得集中精神地站得四平八穩，眞是累死我了。

我穿著除非是工作需要才穿的西裝，頭髮梳得整齊服貼，腳上套著小直幫我擦得雪亮的皮鞋，硬邦邦地站在教室後面。儘管如此費心打扮，站在一群父母當中還是顯得像來自不同世界的人種。實在沒辦法，誰叫人只要一穿上正式服裝後，年齡差異看得特別清楚。

我只能慶幸，因爲是非假日的教學觀摩，來參加的父母人數不多。原本現今的小孩人數，比起我的中學時代就已經少了很多，而這一帶雖然是人口眾多的新興住宅區，一個班級的人數卻只有三十人。這個小鎭比起雙胞胎住的今出新町規模雖然已經大很多，卻只有四個班級，而今出新町新成立的學校便只剩下兩班。看來小孩的絕對數字的確相當少。

來參加的家長之中，包含我在內一共只有三名男性。一個站在門口，是個眼光詭異的男人。不知道爲什麼，從一開始上課便緊盯著灘尾老師。

就我所知道的範圍，眼神那麼銳利的人，除了刑警以外別無他人。我憑本能地察覺到這點，不禁揣測到底怎麼回事？

我後面則站著一個年約四十五歲，身上散發著強烈刮鬍水味道的男人。他穿著寬大的外套，領帶鬆開著。我還在猜他是做什麼買賣的時候，他已經輕輕靠過來問我：

「你是宗野同學的父親嗎？」

「是……是的。」

「我嚇了一跳，我聽說你是中央不動產的營業部經理，沒想到你看起來這麼年輕！」

我不作聲，不，是不能作聲地硬裝出笑臉。只覺得一陣口乾舌燥。坐在靠窗中間位置的小哲，飛快地轉過頭用眼睛對我微笑時，我也對他露出這種近乎痙攣發作的笑容。或許是因爲這樣，小哲的其他同學也跟著竊笑不已。

「我是脇坂一彥的父親，就是脇坂外科醫院。」後面的男人接著說。

啊哈，原來這男人是醫生呀。這樣說來，這藥水味也不是因爲刮鬍水的關係吧。

「你好……承蒙您照顧我們家小哲。」我好不容易才說出這句客套話，對方稍微舉起右手，做出一張笑臉。

既然連小哲父親的職業和職務都知道，看來這醫生應該很在意這方面的資訊。說不定他想成爲鎮上的有力人士，已經開始在扎根了。但是對只是參觀孩子上課情形的父親而言，他的這些小動作太可疑了，實在做得太明顯了。

十點開始的這堂課，上的是現代國文。課文是宮澤賢治（註）的〈奧白兒與大象〉。灘尾老師的上課方式是從最旁邊的座位開始一個一個叫學生朗讀一段課文並提出問題。

老師將所問的題目事先寫在一張大壁報紙上，然後攤開來。接著小哲和坐在他附近的一名女生站起來幫忙嬌小的老師將壁報紙用圖釘釘在黑板的木框上。我不禁有些意外，看了一下貼在牆上的班級幹部表才恍然大悟，原來小哲是班長。

「我平常都是寫在黑板上的，今天為了節省時間，才用這種方式。」灘尾老師有些緊張地解釋之後，有幾位父母點了點頭。

我平常為了打發時間最多是讀些推理小說，所以和文學完全沾不上邊。因此讓我這種人表示意見或許有些奇怪，但是我真的覺得現代國文是門很可笑的課程。至少拿詩歌和小說當作上課題材，實在很奇怪，令人懷疑主事者的腦筋是不是有問題。

灘尾老師以她往右上方翹起的獨特字體列出一連串的問題。例如：

「請試著說明這一段奧白兒的心情？」

「請想想看在這些文字中包含了怎麼樣的情感？」

你看是不是很滑稽呢？

原本文學作品、小說和故事，就不是要以思考或說明來品味的對象；而是要先陶醉其中，接著才加以解釋——而且是由讀者自由解釋，才有意義。

註：宮澤賢治（1896-1933）日本詩人、童話作家，同時也是一位農業改革者。作品有《春與修羅》、《銀河鐵道之夜》、《風之又三郎》等許多詩集與童話。

我以前所念的課本，上面總是命令我們「說明」、「思考」；現今的課本則是輕聲細語，諂媚般地要求「大家一起想想看」。但不管那一種，最後一定都是「考試」等在後面。出口都一樣，結果當然也就相同。不允許學生們自由解釋、自由感動，孩子們只能找尋符合題目要求的正確解答，於是討厭讀書。這麼說起來，故意裝得和藹親切，以商量的語氣要求學生們「大家一起想想看」的教科書從頭到尾都有問題，難怪有人說這種教學方式是教育亡國。

因此我完全不在乎上課的內容，什麼都聽不見；只是呆滯地盯著灘尾老師一下指著學生一下翻動書頁，來回舞動的白皙手指。

下一堂課是社會——不對，現在已經分為「公民」和「歷史」兩堂課了，接著要上的應該是「公民」。就各種意義而言，我都不屬於「公」民，所以我沒什麼立場聽這堂課。今天上的是第六節「寬容」，灘尾老師貼在黑板上的壁報紙寫著：「不要固執於自己的意見，聽聽別人的意見也很重要。」

這次我則是改成欣賞老師雙腿的線條美。

可惡的是，正當我進入忘我之際時，教室裡卻騷動不已。雖然國文課時間也不安靜，但此時卻吵鬧得更凶。我抬起頭一看，有幾個學生正在竊笑，也有人很快地跟隔壁座位的同學說了悄悄話後再分開。

而且所有的學生都看著小哲的方向，小哲本人則是一副事不關己的表情，很高興地上著課。看來相當不對勁。

我還沒找出這件怪事的眞相時，下課鈴聲已經響了。我皺著眉頭仔細觀察正在收拾桌面的小哲，他倒是一臉輕鬆。其他同學們故意避開家長們的視線走出教室，小哲往我的方向走來。他笑容滿面地說道：「我好高興你來了，爸爸！」

他的右臉頰上出現了酒窩。

他不是小哲，而是小直！當我恍然大悟時，小直已經轉身跑到在走廊上等他的同學身邊，大家一起高聲歡呼地離開了現場。

「看來他是和其他同學打賭，看看兩人交換身分後，能不能騙過來參加教學觀摩的父親……不過雖然說是打賭，他們倒是沒有賭錢。」

在下午的家長會上，雙胞胎的惡作劇頓時成了焦點話題。瀨尾老師溫柔地安慰面紅耳赤的我道：「我不認識小直，但是小哲平常上課態度很認眞，成績也很優秀。這一次的事情，希望你不要太過責備他們。」

「是呀，這也沒什麼大不了的嘛。」渾身刮鬍水味道的脇坂醫生在一旁幫腔：

「小孩子就是愛玩嘛。」

留下來參加家長會的男性家長只剩下我和他，那個眼光銳利的男人已經走了。

脇坂醫生對我表現出十分親暱的態度，說不定他是想找我一起擴大他在地方上的勢力範圍，那他可找錯人了。

不過有一點我還是得感謝雙胞胎，因爲這場惡作劇使得原本氣氛僵硬的家長會變得輕鬆許多，我也比較容易演戲。來參加的父母們臉上都帶著笑容，雖然有的人是苦笑和竊笑，但整體的感覺還不錯。連因爲緊張而放不開聲音的瀨尾老師也浮現了笑容。

我只要爲雙胞胎的所作所爲抱歉，裝出一副被自己小孩愚弄的蠢像就好了，自然遊刃有餘。

事實上光是這個話題，就已經花掉了兩個半小時。

「眞的是不能掉以輕心呀，不過他們眞的是很可愛。」一位母親對我說，我回答：「的確是呀。他們有時也會說些好玩的事。」

我提起了那個「同卵雙胞胎」的笑話，逗得大家都笑了。灘尾老師也很高興地微笑說道：「不過說到這個，我們家……」說到一半，老師有些害羞似地改口：「不，我也聽說過這件事喔，是小哲說的。」

「家裡有長得一模一樣的雙胞胎，還眞是辛苦呀。」脇坂醫生結束這個話題，神情嚴肅地問道：「灘尾老師，班上有沒有發生欺負同學的情況呢？」

因爲突然轉成嚴肅的話題，大家笑得很不自然。灘尾老師也有點畏縮似地重新坐好。

「沒有，到目前爲止我並不覺得有那種情況……爲什麼你會這麼問呢？」

脇坂醫生探出身子說道：「不爲什麼，就是因爲那封威脅信啊。做出那種事情引起騷動後或許學校就會停課，這麼一來就可以不必上學了。所以我猜想會不會是被欺負的學生想出來的把戲。」那封威脅信？我想起了在儲藏室裡被挖得坑坑洞洞的舊報紙。

「究竟是怎麼回事？」

「你不知道嗎？」脇坂醫生刻意做出很誇張的驚訝表情，然後才向我說明。

大約兩個禮拜前——也就是七月初的時候，學校辦公室收到一封奇怪的威脅信。內容提到這個學校的教育方針出了大錯，如不馬上改進，爲了改革將不惜殺人，也不准報警。幾乎每隔三天便寄來一封，一共收到了三封，內容大同小異。因爲沒有實際發生案件，當地的警察研判應該只是單純的惡作劇。

警方的說法其實有相當有力的根據。因爲今年四月剛到任的校長比起溫和派的前任校長，作風似乎嚴厲許多。不但加強校規，也加重違反校規的罰責。學生之間怨聲載道。警方基於這一點，認爲是以校長爲目標所做的書信攻擊。

校長不只對學生，對老師的要求也很嚴厲，包含服裝、上班時間、工作態度等細節都很囉唆。這種人最大的毛病就是專斷獨行。這一次把以往固定在星期日舉辦的教學觀摩移到非假日舉行，而且具體地定在今天這一天，也都是校長一個人的決定。現場的所有老師知道這件事情的時間是在六月底，所以大家得人仰馬翻地籌備活動。

「不過如果是反對校長作風的話，就不會是這種抽象的文章，而是應該具體地指名道姓，寫出校長的名字才對！」脇坂醫生強調：「所以我認爲是被欺負的學生幹的。各位說呢？」

灘尾老師無法大聲回應，其他的母親們也沒有提出特殊的意見，只見脇坂醫生一人洋洋得意。

「我認爲我的說法是正確的。」

因爲我還沒問過小哲和小直，所以什麼都不能說。不過我可以確定剛剛那位眼光銳利的男人是執行公務中的刑警。

因爲實在很累了，於是我利用三十分鐘的休息時間，一個人躲在校舍後面沒人注意的地方抽菸。校園裡是禁止抽菸的。

躲著抽菸，讓我想起了學生時代的往事，還好沒有其他人過來。只有在休息時間快結束時，一位穿著鮮豔的印花褲裝、肩上背著大包包、戴著亮面墨鏡的嬌小女子穿過後院的小門走出校外。我想應該是年輕的媽媽吧。

不過她穿的還眞是花俏，小孩大概會覺得丟臉吧。我還在想這些有的沒的時，集合的時間已經到了，我趕緊捺熄香菸。

在體育館召開的全校家長會，我只需要安靜坐著就好了，愛發表意見的父母還不少。脇坂醫生也只對我低聲唸了一句「我討厭那個校長」後便保持沉默。老師們也安靜不語，學校方面只見校長一個人拚命說話。

我也是第一眼就對校長印象不好，聽他說話後更覺得噁心。滿口倫理道德、正義感、紀律嚴明的學校生活，我覺得他根本滿腦子的差別思想。說什麼在學校跟不上的人就會成爲社會敗類，然後成爲人渣。這種強硬不容他人分辯的說法，豈不表示在學校不聽從他意見的人就是落伍。在我眼中他不過只是一個穿著西裝、自以爲是的老頭子罷了。

我之所以能夠硬撐到大會結束，只是爲了想再一次與灘尾老師直接打聲招呼。開會期間她始終低垂著眼簾，直到我向她走近時，她還是一臉僵硬。

「我是宗野哲和宗野直的父親。」我報上名後，她的眼神才柔和了下來。

「今天我兒子們做出那麼無聊的惡作劇，我眞的覺得很抱歉。」

「請你不要太介意。」她輕聲說道：「他們只是開個小玩笑，眞的沒什麼。」

她輕輕舉起手制止了我道歉的動作。在她的右手拇指上，有一個我在班級家長會時沒有看到的黑手印痕。

四

雙胞胎他們究竟在打什麼主意？

憑我一個人的力量沒辦法解開這個疑問，所以我不敢直接告訴他們我已經發現那疊舊報紙，也沒質問他們爲什麼寄威脅信給學校。雙胞胎還是雙胞胎，繼續明朗又乖巧地過他們的生活。對於假冒對方身分愚弄我的事，他們也向我道歉。

「我們想這麼做的話會引起騷動，那麼爸爸也比較好演戲呀。」

聽他們這麼一說，事實也眞是如此，我便沒理由繼續生氣了。

突然間我靈機一動，該不會……於是我去逼問柳瀨老大，老大果然立刻招供。

「沒錯，我是幫那兩個孩子想了一下威脅信的文章該怎麼寫。」

「然後用傳眞機送過去？」

老大開心地笑了：「那兩個孩子在電話裡教我怎麼使用傳眞機。」然後一臉無辜地瞄我一眼說道：「他們還拜託我，說這件事不能讓你知道。」

「你們還眞是要好啊！」

平常已經高深莫測的老先生和那一對可怕的雙胞胎一起聯手的話，你說我哪有本事對付他們呢？

更氣人的是，給我解決線索的人也是柳瀨老大。其實正確來說，應該是一位老大事務所的訪客洩露了天機。

他是老大朋友的朋友，因爲扯入一件麻煩的民事訴訟，目前聘請老大顧問對象之一的律師事務所幫忙打官司。這一天是來跟居中介紹的老大報告戰況。

我盡量坐在事務所的角落，避免打擾到他和老大的談話。但是事務所裡的冷氣實在不夠強，當我看他不斷用手帕擦額頭上的汗水時，發現他的右手拇指上有一塊黑色印痕，不禁站起來詰問對方：「你手指上的印痕是怎麼回事？」

訪客很客氣地回答我：「其實我今天是以證人身分出庭的。在作證之前，不是要宣誓嗎？照著紙上的東西朗讀一遍後，簽名蓋章。可是我因爲太緊張了，居然忘了帶印章去。所以就用拇指蓋了手印。這印痕實在很難擦掉，不用力洗手的話，恐怕洗不掉吧。」

在訪客回去之前，我一直抱頭沉思。等到只剩我和老大兩人時，我開口問他：

「能不能幫我忙？」

「什麼事？」

「有兩件事。我想知道某個人的家庭狀況和本人目前有沒有官司纏身……？」

一個星期後，老大帶著答案來了。繳了手續費（特別拜託老大的事，需要另外計算費用）後換回一份簡單的書面報告、影印的戶籍謄本和裝有照片的信封。我對他說道：「老大，你雖然是個停業的律師，卻還是和牛奶一樣！」

「什麼意思？」

「就算餿了也還是有用處。」

在拖鞋飛過來之前，我已經將門關上。

五

對我突然的造訪，雙胞胎表現出熱烈的歡迎。小直做了海鮮蛋捲，小哲騎自行車到隔壁鎮上的高級食品行買上等的紅酒回來。因爲是週末，加上在說話之前我覺得他們兩兄弟也需要酒精，於是我讓他們一人喝了一杯酒。

「瀨尾禮子老師的雙胞胎妹妹，是做什麼工作呢？該不會是女演員吧？」我冷不防地這麼開口，讓小哲差點噎到了，小直慌張地幫他拍背。等到兩人都呼吸順暢後，我接著說道：

「我全部都知道了。你們根本不只愚弄了我，而是欺騙了全班同學和來參觀的父母親們。」

雙胞胎緩緩地開口問：

「你怎麼……」

「會知道呢？」

「因爲我發現全校家長會後，瀨尾老師的右手拇指上有個黑色印痕。那是因爲以證人出庭時，必須在宣誓書上簽名蓋章，沒有帶印章時就必須蓋手印，所以才有那個印痕吧？」

小哲眼睛一轉看著天花板。

「居然讓你看到了……」

「我是看到了，還不只這個。我也看到了你們爲了製作給學校的威脅信所剩下的舊報紙。因此我左思右想，再加上一點私下調查，便得出了結論。」

從結論來說的話，這是偵探小說裡用到爛的「雙胞胎交換詭計」。一如那天教學參觀小直和小哲交換身分一樣，瀨尾老師和她雙胞胎的妹妹也交換了彼此身分。因爲禮子老師必須出庭參加一個無法延期的官司，只好請她妹妹出面幫忙。

一開始讓我覺得不對勁的是，當我提起那個諧音的「同卵雙胞胎」笑話時，「瀨尾禮子老師」的反應。當時她是這麼說的：「不過說到這個，我們家……」

然後趕緊改口：「不，我也聽說過這件事……」

其實她本來是要這麼說的吧，「不過說到這個，我們家姊姊也常說……」

「那個笑話，我是聽老師說的。」小直說道：

「因爲很好笑所以我就記住了。而且我聽說老師也有個一模一樣的雙胞胎妹妹，從小兩人就經常被搞混，我聽了也嚇一跳喔。」

仔細策畫這個計畫的小直和小哲，不單只是讓老師和妹妹掉包而已，其中還設計了第二道、第三道的障眼法。因爲他們擔心光只是臉型外表相似，還是可能會被看穿。

其中的一個幌子是我的存在，另一幌子是他們兩兄弟的對調惡作劇。

在教學參觀的前一天，小哲就已經向同學宣布當天他的雙胞胎弟弟會來假扮他上課。於是同學們當然無心上課，而是興致勃勃地看著這場好戲能否成功。這就是爲什麼教室始終鬧哄哄的原因。到時候儘管有人覺得老師的樣子不太對勁，也不會繼續追究下去。

至於父母那一方面，則有我的存在。我的年齡和感覺一點也不像雙胞胎的父親，這一點就足以在教學參觀的兩堂課中讓所有家長分心。再加上我演技不好，彆扭的神情更引人注意。然後到了下課時間，只要暴露小直和小哲交換身分的事實，便有了新的話題，我就成爲眾人眼中的小丑。因爲這場惡作劇，「灘尾老師」不論是和學生在教室裡用餐還是下午的班級家長會，就算神情有些拘謹，也不會令周圍的人起疑了。

而到三點半開始的全校家長會時——在和老師同事們在一起，再怎麼像的雙胞胎也很難蒙混過關時，眞的灘尾禮子老師已經回到學校和妹妹交棒了。

我只是揣測，但頗有自信，便開口問：

「禮子老師的妹妹和老師交換之後離開學校時，是不是穿著很花俏的褲裝？」

雙胞胎彼此對看了一眼。

「爲什麼……」

「你會知道呢？」

我果然猜得沒錯。

「我只是剛好看見了。」

穿著鮮豔花俏的服裝是爲了引人注目。校園裡到處都是樸素色彩，因此她的裝扮十分顯眼。那個穿著褲裝的女子從後門走到外面時，就算路上遇到多少家長或學校裡的人，也沒有人注意她的長相吧。更何況根本沒有機會仔細端詳她的臉，只能在經過時驚鴻一瞥。這時大家肯定只會被她的服裝吸引住。

所以才需要穿著那麼鮮豔花俏的衣服。因爲禮子老師的妹妹在穿越校園時，身上的衣服必須讓擦身而過的人不會聯想到「這個女人跟灘尾老師好像」。

「不寫板書、將壁報紙貼在黑板，都是爲了避免被認出來筆跡不一樣吧？」

小哲點頭道：「其實她們的筆跡很像。老師的字體很特殊也很容易模仿，但還是慎重一些比較好。」

其實這把戲說穿了也沒什麼。我的出席、小直和小哲交換的惡作劇、灘尾老師和妹妹的身分對調，都是僅此一場的演出。

「你們知道老師爲什麼非得出庭？」小哲和小直沉默地點點頭。所以我也跟著沉默不語。

在老大給我的調查資料裡，寫著不堪入耳的字眼，「強暴」。沒錯，老師並非只是以證人身分出庭而已，而是以當事人的身分接受詢問，因為這是一樁刑事案件的「公訴官司」。

「她很難過，根本不想出庭……」小哲說道：

「老師過去三個月裡已經兩次將出庭時間延後了。所以這一次她無論如何都得出庭。」

柳瀨老大說這種公訴官司要被害人親自出庭的狀況算是特例。大概是犯案的男人對於檢察官提出的控訴全面否定的關係，所以才必須要被害人到法庭上出面作證。

而被害人不斷地延後出庭時間，對檢察官而言是不利的。因為法官可能會認為被害人可能說謊心虛，所以才不敢出庭。

「校長不是硬要將教學參觀改在非假日舉行嗎？不巧的是剛好和這一次開庭日撞期了。其他日子還可以請假，這種對外活動就不行了。而且萬一說要要上法院的話，恐怕校長也不會放過灘尾老師。」

「捲入這種犯罪事件，只能怪妳自己不小心！妳這種人根本就不適合當老師！」小直模仿校長獨善其身的口吻說道。

「一定會被馬上開除的。而且老師還擔心其他事情，爸爸你知道有個脇坂醫生嗎？」

「嗯，我知道，就是那個外科醫院的醫生嘛。」

小哲皺著眉頭：「聽說他將來似乎想參加鄉鎮議員的競選，我們校長好像也有意思參選。所以他們兩人彼此看對方不順眼。如果校長以『行為不檢』的理由開除灘尾老師，脇坂醫生肯定會利用灘尾老師的事件號召所有反對校長的人起來抗爭。這是灘尾老師所不願意見到的。」

「這樣的話她的一生就會被毀了。所以她絕對不希望被外人知道出庭的事。」

然而一開始老師並不願意進行「角色交換」的計畫。

「因爲太麻煩了，又很危險。所以我們才會寄出威脅信。如果因爲這樣教學參觀的日期延後一個禮拜，那就毫無問題了。」

「可惜沒有那麼順利……」

「沒錯。所以我們只好放手一搏。反正地方法院離隔壁鎮不過一個小時的距離，而且開庭時間是上午十點，就算拖了點時間，下午三點半之前，灘尾老師應該能趕回來。」

我沉默地點點頭，並喝了一口紅酒。雙胞胎也拿起酒杯把玩。

「最後再告訴我一件事，只有這一點我搞不懂。你們怎麼會知道老師陷入那種困擾呢？」

小哲故意呑了一下口水後才回答：

「客廳牆上不是掛了一幅車站的夜景照片嗎？」

「嗯。」

「那天晚上拍完之後，我們在車站附近發現了倒在花田裡的老師。」

點了一下頭後，小直補充說明：「她的呼吸很奇怪，因爲她吃了很多的安眠藥。」

「原來她是打算在一片荒涼的花田裡自殺。」

「起初我們根本不知道發生了什麼事。可是負責的刑警出現了，他說如果不跟我們說清楚，我們也會很煩惱吧……」

「然後向我們說明了整個經過。」

「不過沒有直接說得很清楚。」

「所以我們全部都知道了。」

「那是案發之後的一個星期的事。因爲被逮捕的犯人主張『都是女方勾引他的』……害得老師想尋死……」

果然不出我所料，眞是可惡的傢伙！

小哲眼光低垂著說道：

「在那之後我只要坐在教室裡，就會覺得老師很可憐。但是如果因此更換導師的話，豈不是更引人注意嗎？刑警先生也如此說服老師，所以老師很努力地完成了交換計畫喔。」

刑警嗎？我想起了那個混在家長之中眼光銳利的中年男子。原來不是因爲威脅信而前來戒備的警察，可能是負責灘尾老師案件的刑警。既然是灘尾老師很信賴的刑警，很可能老師也已經向他說明過這次角色交換的計畫了。

他大概是有些擔心而前來探望一下，不過那當然應是負責刑警的私人行動吧。

而且……

我再次看著雙胞胎的臉。小直拍那張車站夜景的照片時，曾經說過「簡直快凍僵了」，又提到是在「一片荒涼的花田裡」。換句話說，這件事不是發生在今年的一、二月，就是去年的十二月囉？

我和雙胞胎是在春雷初響的三月初認識的，兩個人儘管嘴裡喊著我「爸爸」，卻絕口不提這麼大的秘密！

這就叫是所謂「守口如瓶」吧。

「我說爸爸……」

「因爲你動了我們的舊報紙，」

「託你的福讓我們找到了漏看的彩券對獎號碼。」

「結果我們中了一萬元！」

「我們該怎麼用獎金呢？」

我回答：「愛買什麼就去買什麼吧。」

畢竟你們值得獎勵嘛。

然後我開始認眞地考慮，看來應該先找到這兩兄弟的父母，再想辦法叫他們回家。

如果他們的親生父親不回來，我就得一直扮演假父親的角色。如此一來我就不能追求兒子的導師了。

灘尾禮子老師眞的很漂亮，而且個性堅強，是個完美的女性。

她是我喜歡的類型。

「爸爸！」

「你一個人在傻笑什麼？」

沒什麼啦，小鬼！

Helter-Skelter

狼狽不堪

一

命運之神前來敲門——這是貝多芬的台詞。我的意思是傳說他曾經說過這句名言，這是我小學六年級時聽音樂老師說的。

我可不是要向大家上什麼高尚的音樂課。大約從半年前起，我三十五歲的時候，被迫當上一對十三歲雙胞胎兄弟的代理父親，結果常常讓我回想起自己的學生時代。那天夜裡，當《命運交響曲》以意外的形式傳進我耳朵時，也讓我突然想起了過去的學習經驗——就是這麼一回事。

我不記得那是幾點的事了，因爲我已經睡了。那種時間一般人應該都已經睡了，我當然也已經睡死了。然而硬把我從床上吵醒的，是從我住的那棟已經十分老舊的中古公寓的樓上住戶，傳來的音量極大的《命運交響曲》！

那晚我開著窗戶睡覺。我之所以租五樓建築中的四樓，就是因爲能夠隨心所欲地開窗睡覺。下面的幾層樓爲了避免有人闖入，都得關緊門窗。

或許你會覺得我太過小心，不過我倒不是害怕有色狼入侵。畢竟這個東京的治安還沒壞到我一個大男人會被色狼欺負。我是提防小偷，但也不是因爲我有錢，而是因爲闖空門進來的人將是我的同業。

沒錯，我是個職業小偷，技術不錯，可說是一流的。因此我才會這麼小心門戶，總不能在這個業界裡鬧出「小偷被偷」的笑話吧，同業之間互咬，實在太丟人了。

我的說明有些冗長了，總之就是這樣，我都開著窗戶睡覺。九月中旬到十月底之間，即使是都會之中，依然適合晚上打開窗戶讓空氣流通，所以我眞的睡得很舒服。而且老實說，之前一個禮拜我有一件棘手的工作上門，因此實在是身心俱疲。我已經好久沒有能夠睡得這麼久了，卻半途殺出個貝多芬來！

眼睛睜開的同時，耳邊也嗡嗡作響，我心想到底怎麼回事？正要站起來時，在那一瞬間悲劇發生了。

先讓我換個話題，究竟有什麼必要得長指甲這玩意兒呢？你想過這個問題嗎？

我覺得根本沒必要。手指甲就算了，就算沒有腳指甲也不會有什麼不方便啊。

所以我才會常常忘記剪指甲，尤其是腳指甲。往往留到指甲前端碰斷了才想到要剪，這是第一個問題。

接著再換個話題，提到床單這玩意兒。你用哪一種呢？是光滑柔順的棉製品？還是毛巾布的那一種？

如果後者的話，我勸你可得小心點。新的毛巾布床單還好，用舊之後便開始鬆垮，毛巾布也開始起毛球，那就不能用了，丟掉比較安全。因爲我就是用了起毛球的毛巾布床單，才會碰到這種倒楣事。

先是我睡覺的時候，右腳小腳趾有些斷裂的指甲勾到了舊床單的毛球——請自行想像那種狀況。敏感一點的人說不定已經皺起了眉頭。

我在這種狀態下睡死了。這可不是電視連續劇的畫面，我眞的睡死了，所以我不是四平八穩地仰躺著，而是側睡或趴睡，總之睡姿相當自由。

那時被突如其來的噪音驚醒，我整個人跳了起來，腳的動作當然很激烈。可是毛巾布的毛球擁有不容小覷的拉力，加上纏住的是小腳趾的指甲。對，問題就在於是小腳趾，結果你說呢？

腳指甲就這麼硬生生地被剝了下來！

畢竟我是吃這行飯的，絕對不是什麼溫室裡的花朵，但還是受不了這種痛楚。跳起來的下一個瞬間，我像滿月之夜的狼人一樣地狂叫出聲。一掀開棉被，我便看見搖搖晃晃掛在右腳小腳趾上的指甲和噴出來的——我一點都不誇張，當時眞的是那樣。看到狂噴的鮮血，我又大叫了起來。

基本上男人很怕血，因爲不習慣。看見自己的指甲不斷流出鮮血，逐漸染紅了毛巾布的床單，我眞的快要昏倒了。雖然痛是很痛，但是內心的驚嚇已經超越了肉體的疼痛。我發現這種時候人反而容易大笑，我一邊笑一邊想吐。而這時《命運交響曲》還不停地以巨大的音量攻擊我。果眞是「命運之神前來敲門」。眞是有夠可惡，搞什麼嘛！

二

電話打來時，我好不容易已經從驚嚇中恢復平靜，止住了小腳趾的鮮血狂噴並包紮好，正窩在床上動彈不得。床單上還留著一大片血跡。不知道哪個鄰居大吼一聲「混帳傢伙，你以爲現在是幾點鐘?!」託他的福，《命運交響曲》便頓時停止。

我奮力地爬去接電話，打電話來的人是柳瀨老大。

「不好意思，這個時候打電話給你。」語氣有些奇怪：「你睡了吧？」

「不，我差點死了。」

「什麼？」

「我的指甲被剝下來。」老大沒有作聲，停頓了一下才接口：

「最近刑警來逮捕人時還順便嚴刑拷打嗎？動作還眞快嘛。」

「少說那些不吉利的話。」我向他說明事情經過，他聽了大笑道：

「還好你是一個人，要是跟女人在一起就糗大了。」眞是興災樂禍。

「總之我現在很忙，你打電話來幹麼？」老大又恢復嚴肅地有點詭異的語氣：

「那些孩子打電話來了。」

「那些孩子？」

「裝什麼蒜，就是你的雙胞胎呀。打電話來的是小哲，他說小直因爲盲腸炎緊急住院了。想當然，醫院裡的人自然起疑爲何家長不見蹤影？小哲已經向對方說明，因爲爸媽都在離家很遠的地方工作，除了週末以外都住在東京的家裡。可是哪有家長聽到小孩生病了不馬上趕回來呢？因此他們希望你明天早上之前能過去一趟。所以囉，你當然得以爸爸的身分去解決一些事情吧。」

「我不是他們的爸爸。」我大吼一聲：

「電話是什麼時候打來的？」

「就在前不久。現在小直正在動手術。」

又是一場災難，只是我有一點納悶。

柳瀨老大是個停業的律師，和我之間有著契約關係。老大利用他的身分收集資訊，我根據他的資訊工作，兩人均分所獲得的報酬，這就是我們的契約內容。表面上我在老大經營的事務所裡擔任調查員，以這個職銜在社會上混日子。

因此我將老大事務所的電話號碼告訴了和我有「類似」父子關係的雙胞胎兄弟。可是老大人在位於神田多町舊辦公大樓的事務所的時間，通常是非假日的上午九點到下午六點，之後他便回到松戶的家裡。平常這個時間——這時我看了一下手表，半夜三點四十分——他如果還在事務所裡未免太奇怪了。

「老大，爲什麼這個時間你還會在事務所呢？」

老大很乾脆地回答：「誰說我在事務所裡。」

「你說什麼？」

「我是從家裡打電話的，小哲也是打來家裡呀。」

我吃驚得不知該說什麼好。最近老大和雙胞胎打得火熱，讓我有種不祥的預感。

「這一點都不像老大的作風，那麼隨便就把家裡的電話號碼告訴他們。」

老大冷笑地哼了一聲，開始對我說教：

「這一點你最好學著點。小孩子什麼時候會生病、受傷，誰都不知道。尤其是三更半夜，更是放心不得。既然要扮演人家的爸爸，就應該做好因應這些突發狀況的準備措施，不然他們太可憐了。所以我才會居中當你們的總機，居然還不知道要感恩！」我可一點都不覺得有什麼好感恩的。

「我沒有義務做到那種地步。」

「你有什麼立場說那種話？」老大不高興地質問：

「總之你給我趕緊去醫院，地點是……」

「我的腳動不了呀。」

「搭計程車去不就得了。我會叫車過去接你，就算你不想去也必須趕去。別跟我說你沒有錢，你不是最近才賺了一票嗎？」

「可是……」

「當人家爸爸，就算爬也要爬過去才對。」

「我又不是眞的爸爸，你是不是忘了這一點呀？」

「別跟我說那些有的沒的，已經答應那兩個孩子了。有什麼關係呢，你還可以順便在醫院看腳。別忘了把剝下來的指甲帶去，現在醫學很進步，說不定還能幫你裝回去。」

「開什麼玩笑。」想到被床單纏住的小腳趾指甲，我又開始噁心了。

既然都那麼說了，老大大概眞的會幫我叫車來。沒辦法我只好起床準備出門。雖然我已不想再看到了，但是總不能留下一張滿是血跡的床單出門，於是別過頭去將床單捲起拿到放垃圾袋的地方。明天正好是收生鮮垃圾的日子。

可是毛巾布的床單捲成一團卻塞不進垃圾袋裡，眞是令人覺得不快。

這時我突然靈機一動，反過來處理不就結了。我將有血跡的部分朝內，用床單包住垃圾袋，然後像包巾一樣綁好。這麼一來也方便提著走了。

我一邊拖著腳一邊搭電梯下樓，將捆成一團的床單提到垃圾堆積的電線桿前。正在心想這段路還眞長呀，計程車便來了。

「要到今出新町是嗎？」因爲車程很遠，計程車司機滿臉笑容問我：

「你的腳怎麼了？」

「是盲腸呀。」我不高興地回答，之後不管對方說什麼我都懶得理睬。

小直被送到的醫院，從他們家所在的山坡上向下看，正好就位於民營鐵路車站所在的小鎮中央不遠的位置。反正鎮上就這麼一間綜合醫院，所以不可能搞錯。

我經過明亮的急診室入口，到夜間櫃檯詢問後，才知道手術室在二樓。當我左腳穿著皮鞋、右腳纏著繃帶穿拖鞋，一跛一跛地好不容易爬上樓梯後，看見了緊閉的「手術室」大門前，小哲一臉痛苦地坐在長椅上。

「啊，爸爸。」大概是聽見了腳步聲，小哲抬起了頭。開刀動手術的人是小直，小哲卻好像身體也有病痛似地鐵青著臉。

「你的腳怎麼了？」

我終於走到長椅上坐下來喘口氣。

「貝多芬披著長牙齒的床單攻擊我。」

小哲睜大眼睛看著我問道：「你是不是發燒了？」

「是呀。所以不用聽我鬼扯，我說的都是夢話。」我從上衣口袋裡掏出香菸，點燃了火。

「小直怎麼樣了？」

小哲就像在地毯上撒尿之後之責罵的小狗一樣，縮著身體說道：

「如果我早一點送他來醫院就好了。」

「不要那種表情。」

「可是他三天前就在喊肚子痛了，而且他還說晚上睡不好、覺得好冷……」

三天前嗎？我有種不祥的預感。如果只是盲腸就還好，萬一引起腹膜炎就糟了。因爲我十四歲時差點因爲這問題死掉，想起來不禁會打哆嗦。

或許是看穿了我的心思，小哲整個人縮得一團，我連忙安慰他：

「不要瞎操心，你又不知道小直的肚子有什麼問題。」

但是突然間我心想，說不定他還眞知道。他們是雙胞胎，長相一模一樣；只有笑的時候，臉上的酒窩位置不一樣。就我所見，連他們的親生父母似乎都不太容易分辨清楚，所以才會在他們大部分的衣服上面繡上名字縮寫的英文字母。

我還聽說過雙胞胎之間會有心電感應。

我們兩人就像被棄置在菜園裡的茄子一樣，委靡地窩在椅子上。直到躺著小直的擔架床推出手術室爲止，我們大概等了有三十分鐘左右。

小哲從椅子上跳了起來，飛奔過去。老實說，我也很想這麼做，還好我辦不到。看見臉色蒼白如紙的小直躺在擔架時，我的心臟就像被人揪了一下地很難受。

「因爲麻醉藥還沒退。」穿著淡藍色手術衣的醫生一邊輕輕推開小哲的肩膀一邊解釋。當他看到我時，便問：

「你是孩子們的父親嗎？」

「是的，沒錯。」

醫生親切地拍拍小哲的肩膀道：「放心吧，雖然已經化膿了，但沒有破裂。所以呢，應該一個星期後就能恢復健康。」

小哲簡直快要哭出來了。「眞的嗎？」

「當然是眞的。」醫生微笑著。看起來還很年輕，臉型狹長，但額頭已經禿得一乾二淨。我覺得好像什麼東西？對了，像花生，原來是個花生大夫！

「住院手續等明天再辦理就好了……」花生大夫說到一半，眼光注意到我腳上隨便亂纏的綳帶。

「哎呀，怎麼了？」

我說明整個經過，醫生一臉平靜地聽著（這也是應該吧）；但小哲又開始鐵青著一張臉問：

「爸爸，你還好吧？」

「沒問題啦。」花生大夫說：「我來幫你看看吧。」

在一樓的急診救室裡，他幫我治療。看見流出新的血，我又稍微地，真的只是稍微地叫了一下。當值班的護士幫我包紮新的綳帶時，又聽見救護車的警笛聲。

「今晚生意還眞是興隆呀。」花生大夫對著護士苦笑，並站了起來。

看著他就要走出急診室，我趕緊開口問：

「我這樣子不用輸血嗎？」

花生大夫對著天花板的方向笑道：

「你要不要去喝點番茄汁？」

三

隔天中午過後，小直總算體力恢復到能與我和小哲像平常一樣的交談。

「讓你們緊張了。」小直一臉歉意。

「也讓小哲辛苦了。」

「彼此彼此啦。」小哲顯得很輕鬆。

「說不定最近我也會有盲腸炎。」

「誰叫我們的，」

「生活方式，」

「是同步進行的。」

「不過……」

「讓你當我們的爸爸，」

「眞的讓我們覺得很安心。」

「不要剛治好病，就又用這種方式說話！」

「是。」雙胞胎異口同聲答應後，又開始竊笑不已。

這是一間三人病房。小直睡在靠窗的床位，中間是張空床，旁邊則是躺著一個受傷的患者正在睡覺。是昨天晚上救護車送來的二十來歲的年輕人，聽說是發生車禍，眞是可憐。

我讓因爲又可以成雙成對而高興的雙胞胎留在病房裡，獨自一人下樓去，因爲醫生交代我今天下午去看門診更換腳上的繃帶。

醫院事務局方面，我們三人登記爲父子——原則上，對方大概也覺得我們一家三口很奇怪。這也難怪，因爲我拒絕健保治療，要求所有費用自負。

「我是不用健保主義。」我強調。

當然沒有這種主義，我在老大那裡也有加入健保。但我總不能用我的健保吧？誰叫我現在的身分是「住在今出新町，和自己的情婦兼秘書私奔的雙胞胎的父親宗野正雄」。

而且沒有一份健保是以宗野正雄的名義投保的。不，也許現實生活中有。因爲他私奔找到地方落腳後，應該有找到新的工作又投保了。但是我手邊沒有宗野正雄名義的健保卡就什麼都別談。

小哲和小直的父母都擁有不錯的職業，但是在各自私奔前都辭掉了工作。現在既沒辦法找到他們的住處，也不能跑去找他們公司的總務部或人事部哭訴要他們幫忙吧。

坐在門庭若市的門診室外面長椅上，這是我和雙胞胎兄弟認識以來，頭一次如此不高興甚至快要發火了。

雙胞胎的父母各自與人私奔時，據說都表示過：「人生只有一次，不希望留下任何遺憾」，兩人爲了愛情而拋棄了家庭。

可是當我突然之間成爲兩個十三歲小孩的父親時，我才深深感受到，人生並非都是由戲劇化的愛情與激情所組成；而是由還沒到期的健保卡、這個月已全額從帳戶扣除的房屋貸款通知書等細節所拼湊而成。

「宗野同學的爸爸，你怎麼會在這裡？」

有人叫我，我抬起頭一看。灘尾禮子老師就站在離我不到一公尺遠的地方。

她是小哲的導師。學校並不在這個鎮上，而是隔壁鎮。雙胞胎爲了避免讓學校產生不必要的混亂，於是分別就讀不同的中學。

就在兩個月前，我到小哲學校參加教學參觀，第一次和老師碰面。然後我開始希望早點找到雙胞胎的父母，帶他們回家，讓我能從代理父親的角色解脫。畢竟我總不能以學生家長的立場追求女導師吧。

換句話說，灘尾禮子老師就是如此充滿魅力的女性。

「是呀……可是老師妳又怎麼了呢？」

會上醫院肯定是身體不適囉，所以我才會這麼問她。結果老師竟然噗嗤一笑。

「我是來探病的，小直他還好吧？」

禮子老師因爲某些因素也認識了小直，難怪她會專程趕來。

「是小哲通知妳的嗎？」

「是的，因爲他說病情穩定之前他很擔心弟弟，今天要請一天的假。聽說他們的母親到紐約出差，一時之間無法回家，是嗎？有沒有什麼事我能幫上忙的？」

因爲我已經很習慣這種場面，所以演技也進步許多，臉上沒有露出馬腳，內心卻十分佩服。小哲這傢伙還眞會蓋，什麼到紐約出差！我們這種年紀的人哪能一下子想出這種藉口呢？頂多說「到大阪出差」就很厲害了。

「反正這家醫院是全天看護制，也沒什麼不方便。」我很感激她的心意，趕緊又說：

「請去看看他們吧，兩兄弟一定會很高興的。」

「說的也是，可是……宗野先生……」

她話說到一半，廣播卻已經唱出我的名字。禮子老師吃驚地看了我一眼，這才發現我腳上的繃帶和拖鞋。

「你受傷了嗎？」

「是……是呀。」我總不能說我被床單咬了吧。「因爲出了一點意外。」

「那眞糟糕，請多保重呀。那我先去病房看看好了。」

目送著她離去的背影，我有些依依不捨。

「灘尾老師說宗野同學的爸爸年輕得令人大吃一驚耶。」在回去雙胞胎家的計程車上，小哲說。語氣很開朗，眼神卻很認眞。

「是嗎？」我稍微瞄了一下小哲的臉問：「她起了疑心嗎？」

「不是，老師好像很喜歡爸爸。」

「怎麼可能，哪有這種事？」

禮子老師是位有道德良知的好老師。她不是那種會愛慕學生父親的女性——雖然我不是眞的。但是小哲一臉正經地表示：

「是嗎？可是如果喜歡上了，對方是不是結過婚、有沒有小孩，根本就不重要了，不是嗎？」說完便閉上嘴巴。緊抿成一直線的嘴巴很清楚地表達出這是他的眞心話；雖然我不贊同這種想法。

因此我對他這麼說：

「怎麼會不重要？至少我就很討厭只要我喜歡有什麼不可以的觀念。」

何況車上還有計程車司機的耳朵在，不能再繼續這個話題。不過我心中有個想法，趁這個機會，我可以和小哲在家中、和小直在醫院，好好地促膝長談。他們應該也很清楚不可能永遠和我這個代理父親生活下去吧。我必須確認清楚他們今後的打算，他們是否期待自己的父母回來呢？

然而就在我們下車時，腦海中完美的建設性想法霎時煙消雲散。因爲雙胞胎家門口站著兩個男人，一眼就能看出來他們是刑警。一個上了年紀，一個是年輕人。

「請問是宗野正雄先生嗎？」年紀大的刑警先上前開口，同時閃了一下黑色的警察手冊。我的耳畔似乎響起手銬碰撞作響的聲音。小哲緊緊抓著我的手臂。

「眞是不好意思，今天來是想麻煩你協助我們的調查工作。」刑警邊收好證件邊問我：「你知道昨天深夜在今出湖畔發生一起自用車相撞的車禍嗎？」

我心想，喔，就是那個送進醫院，因爲車禍受傷的人吧？因此點了點頭。

「是的，不過我並不清楚詳情。」

「是嗎？不過其實那個車禍本身沒什麼問題。一群喝醉酒的年輕人分坐兩輛車去兜風，結果在那個要命的地點發生了車禍。其中一輛車倒栽蔥跌進了今出湖裡，死了兩個人。」

今出湖距離今出新町中心點二十公里處，一個位於北部山中的人造湖。聽說是十年前，隨著水壩建設而挖的，是這附近的水源地。據說秋天時的楓葉很漂亮，小哲和小直的小學遠足也去過。

因爲是被水壩塞住而成的人造湖，因此湖水很深。加上又是位在山裡，周遭的山坡十分陡斜，掉下去的話，根本沒得救。

「眞是遺憾。可是我能幫什麼忙呢？」刑警抓了一下鼻翼，露出有些困惑的表情。

「其實昨天晚上的車禍之後，我們開始進行打撈車子和死者屍體的作業。結果發現湖裡還沉了另一輛車子。」由於小哲發出一聲驚叫，我不禁看著他的臉，他們緊盯著刑警的臉看。

「然後我們將那輛車也撈起來後，發現車身毀損的程度非常誇張。如果只是因爲滑落的速度太快，也可能會有這種情況的，沒什麼好懷疑。」

「那麼是哪裡出了問題呢？」

「其實是從車裡面起出了兩具屍骨。這實在是太令人意外了……因爲這是個小鎮，所以我們便一家一家地走訪詢問，看看有沒有誰家裡有行蹤不明的家人。」

四

從今出湖撈上來的兩具屍骨的身分，始終沒有下文。那也難怪，因爲只剩下白骨嘛，加上車子又是贓車，是一年前從東京到今出新町前兩站的風間町停車場所偷的。

就骨架——尤其是骨盤的形狀來判斷，立刻就知道其中一具屍骨是成年男子，另一具是成年女子。只不過兩人的估計年齡，約是二十來歲到四十五歲，範圍很廣。刑警表示如果繼續檢驗牙齒的耗損度，還能夠鎖定更多的資訊，但這項檢驗很花時間。

「不過我們認爲兩具屍體都是死了一年後。從車子被偷的時間來判斷，這個說法是合理的。」

兩名刑警雖然也說過「看起來眞是個年輕的爸爸呀」的感想，但似乎沒有懷疑我和小哲的關係。好像在之前探訪的人家之中有小直的同學，他們已經事先聽說小直因爲盲腸炎開刀住院的消息。年紀大的刑警還向我訴苦，「夫妻都上班很辛苦呀。老實說我們家也是夫妻都有工作……」

這時年輕的刑警則是一臉不感興趣地在一旁發呆。說不定他心裡在想，與其在這種偏僻的小鎭當警察，還不如進自衛隊當軍官比較好……

其實不單這兩名刑警，好像連管轄今出新町的今出警察局對這輛沉車和兩具屍骨，也都沒當成重大案件。據說因爲今出湖挖好不到半年，就已經連續發生兩起汽車翻落的車禍，還死了五個人。有關當局看不過去，便加強護欄設施，到處豎立警告標誌。但是到目前爲止每年還是會發生一件左右的車禍。

「以前的居民之中還有人說就是因爲在那種地方挖湖，惹火了山神，所以每年都要有人犧牲。」

換句話說，昨天晚上的車禍表示今年今出湖的祭品已經夠用了！不，我這樣子亂說，眞是太隨便，眞抱歉。

「我們的交通課還沾沾自喜，去年沒有發生車禍。結果居然是根本沒發現有出車禍。眞是敗給他們了。」

發現得太遲，只會徒增身分確認作業的困難度。兩名刑警似乎只覺得這一點很麻煩地告辭而去，居然一點都不覺得可疑，完全認定那是個不幸的意外。

但我就不一樣了，而且用我身上所有的錢來打賭，我猜小哲的想法也不一樣。

因爲喜歡做菜的小直不在家，我們只好跟半個月前才在車站前面開店，服務態度惡劣的外送披薩店訂了獨家口味的披薩。就營養學的觀點來看，內容實在無法恭維，而我和小哲的表情就像參加守靈一樣，彼此沉默地吃完自己的分量。

「我不知道爲什麼覺得好累，所以我要去睡了。爸爸，我已經鋪好你的床了。」

小哲說完後準備回到自己房間，時間不過才晚上十點。平常這時候他精神還好得很，尤其是我在的時候。雙胞胎這麼早上床，簡直是前所未聞的怪事。

「嗯，你辛苦了。明天起我會去醫院，所以你去上學吧。」

「嗯。」小哲點過頭後轉身上樓。

我不可能這麼早就睡著，然後爲了不讓小哲知道我在想事情，我故意打開電視轉到無聊的節目頻道，坐在客廳的扶手椅上。

當我一個人時，心跳竟變得很快，誰叫我淨想些有的沒的。

我在想今出湖的屍骨，那不是意外，說不定是殺人事件。

而且……我乾脆明說吧，我在想那一男一女的兩具屍骨，會不會是小哲和小直的父母！

我可以舉出許多證據。第一，當刑警告訴我們從湖裡撈出另一輛車時，小哲那副驚訝的表情。我所知道的雙胞胎可是天不怕地不怕，遇到任何狀況總是一笑置之的大膽到可怕的好孩子。我頭一次看他臉上出現近乎恐懼的神情。

第二，那兩具屍骨的估計年齡，也和雙胞胎的父母頗為吻合。而且他們分別和愛人私奔，離開這個家，剛好也是在一年前，跟屍骨的推測死亡時期相同……

我靠這行吃飯，多少大風大浪都見過了，所以和雙胞胎初識時，聽到他們的父母和愛人私奔、遺棄家庭時，我便很自然地接受了。我心想，這社會都是些自私的傢伙，甚至還有這種莫名其妙的父母。

但是冷靜地想一想，當出現另外一種說法時，我也沒辦法繼續點頭稱是了。

如果是你，會覺得哪一種說法「比較可能」呢？因為父母兩人同時分別跟自己的愛人手牽手離家出走，孩子難以忍受如此自私、不負責任的父母，因此將他們「解決」了。

兩者聽起來都很不尋常，但是現實生活中雙胞胎的父母行蹤不明，一開始便相信前者說法的我，有義務要公平檢討後者說法的可能性。

另外我很在意的是，過去雙胞胎曾經幾次向我報告「我爸打電話回來」或是「我們跟媽通過電話」，卻從來沒有讓我看過他們父母依然健在的證據。

他們已經離家出走一年了，就算是私奔，新生活應該也已經穩定下來了吧。總會有一兩次想回家看看孩子的近況吧，關於這點雙胞胎給我的說明是，「他們兩人都自以為對方和我們一起生活。」仔細想想，這眞是令人費解。

難道不是嗎？要演變成這種勞燕分飛的狀況，首先必須有「丈夫和妻子各自有外遇，在決定私奔之前，彼此都小心行事不讓對方發現」的前提。

但這種事在現實生活中可行嗎？

我雖然還沒有結過婚，但是有與女人同居的經驗。就這點經驗來推測，我想一起生活的男女應該不至於會不知道對方有沒有外遇吧。尤其是女人的直覺一向敏感。我通常都是直接拿起罐裝啤酒喝，只有一次改用杯子盛出來喝，就被女人看穿有外遇。那一次眞是悽慘，女人敏感起來實在只能舉手投降呀。

如果雙胞胎的父母眞如他們說的，能夠毫無顧忌地離家出走，那表示他們十分遲鈍，甚至兩人之間極其冷淡，都把對方當成大門口的擦腳布，無足輕重！不對，我要收回剛剛說的這句話。就算夫妻好幾年來都把對方當作大門口的擦腳布一樣看待，一旦發現對方有其他異性存在，馬上會有一百八十度的轉變，開始妒火中燒。這就是人性，眞是悲哀。

雙胞胎的父母，不管哪一方先，甚至是雙方同時有了外遇時，想必他們會在家裡面針對這一點醜態畢露地爭吵不休。

而雙胞胎也一定從頭到尾地仔細觀察。

一邊看著老是報導景氣變壞的新聞節目，我的腦海裡千迴百轉。

小直和小哲頭腦都很好，而且聰明得令人害怕，甚至像個無底洞般地高深莫測。我想像，兩人受不了看著父母成天爭吵不休，只想自己過平靜幸福的日子的他們，湊在一起商量。

「怎麼辦？」

「乾脆一次把他們解決掉吧？」

「只要連車帶人開進今出湖裡，就萬事ＯＫ了。」

「嗯，而且還不容易被發現。」

「可是如果用家裡的車不太好吧？」

「對呀，一旦車子被撈起來時，馬上就會暴露身分了。」

「我們將家裡的車開到鎮外，找個地方丟了吧。」

「反正到處都有適合的湖嘛。」

「那爸媽的話，」

「我們就隨便偷個車，將他們放進車子後丟進湖裡。」

「開車這種事，」

「再簡單不過了。」

「沒錯。」

「就是說嘛。」

「可是……」

他們怎麼殺人呢？

我顫抖地抓著椅子的扶手想重新坐好時，聽見了小哲在叫我：「爸爸？」

我吃驚地從椅子上站了起來。因爲我隨時想準備逃跑，竟忘了小腳趾受傷而用力踩下去，結果當然是很丟臉地一屁股跌坐在地上。

「眞是的，你還好吧？」小哲衝過來扶起我，一臉擔心地湊近我問道：

「看你一臉蒼白，是不是有點貧血呢？」

「是嗎……」我擦去額頭上的汗水。我打從心裡感謝，還好從外表分辨不出冷汗和普通汗水的不同。

「我因爲睡不著，想喝杯熱牛奶才下樓的。爸爸要不要也來一杯呢？」

「嗄？噢，好呀。」

我有些討好地對他一笑，小哲便笑著走進了廚房。過了一會兒，手上端著兩個馬克杯回來客廳。

「好了，請用。」

他將杯子遞給我後，自己坐在電視旁邊的沙發椅上。嘴裡喊著「好燙」，一邊開始喝起熱牛奶。

我看著他，心中又開始有了不好的聯想。

手無縛雞之力的兩個小孩如何能一次殺死兩個大人呢？最容易選擇的方法是什麼呢？應該就是下毒吧。

結果我沒有喝那杯牛奶。我不敢喝。

五

該如何收集那對屍骨的資訊呢？對於不願意靠近警察的我而言，這眞是個難題。可是不知道該說幸還是不幸，這個問題居然輕易解決了。

感謝花生大夫，因爲負責驗屍的大學是他的母校，裡面有他很熟的學弟。

「我以前曾經想過要當法醫。但是我父親說當法醫不賺錢阻止了我，所以我不得已放棄。不過我到現在都還很有興趣。」

因此我從他嘴裡聽到了不少資訊，他總是在幫我檢查剝落的指甲時告訴我新的消息。

「因爲屍體已經化成白骨了，死因還查不出來，讓警方很困擾。」

「還不知道屍骨的身分嗎？」

「這很困難呀，得一步一步慢慢來。還會痛嗎？」

「還好，只要不用力的話就不會痛。對了……車裡的兩個人，是活生生地掉進湖裡？還是死了之後才掉下去呢？」

花生大夫驚訝地抬起了眉毛，寬廣的額頭上布滿了皺紋。

「對、對，這是個好問題。但麻煩的是，只剩下一堆白骨，根本無從判斷。」

「不過呢，」他笑道：「理論上是可以有很多假設啦，但這應該是個車禍吧。」

「可是難道不會有可能是有人將屍體放進車裡，然後連車一起推進了湖裡嗎？」

「哈哈。」花生大夫笑了。「原來如此。」

「就算是活著，也可能被綁著而不能自由行動……」

「可是這麼一來，應該會留下一些東西吧？例如繩子、膠帶之類的。因爲最近這種東西也變得難以腐蝕。只是泡一年的水，還不至於溶化不見。可是並沒有找到這些線索呀。」

那如果是讓他們吃藥睡著了呢？

「醫生……」我小心翼翼地詢問：

「安眠藥這種東西好買嗎？」

花生大夫側著頭想了一下反問我：

「你睡不著嗎？」

「我有朋友有失眠的問題。」

「請醫生開個處方就行了，很簡單呀。」

「那藥局呢？」

「沒有賣，因為出過太多的意外。」說完後，他皺了一下眉頭。

「雖然很危險，但是也有人拿市面上的頭痛藥配酒喝，當作安眠藥的代替品，喝了之後很可能就再也睜不開眼睛。」

上去病房時，看見小直坐在床上與前來量體溫的護士聊天。

「啊，爸爸。」他露出笑容：

「護士小姐說我的恢復情況很好，可以放心了。」

我趕緊向護士道謝，等她離開病房後才坐在小直的旁邊。

那個因為車禍住院的年輕人睡得正熟。我壓低聲音和小直說話：

「你知道隔壁患者為什麼住院嗎？」

小直點頭道：「聽說是車禍，我聽護士小姐說的。」

「在撈起那輛車子時，據說還發現了另一輛汽車。」

「嗯，我也聽說了，而且已經沉在湖底一年了。」

小直的眼睛清澈明亮，我決定套他的話。

「我聽了嚇一跳呢。」

「爲什麼？」

「因爲我以爲坐在那輛車子裡面的屍骨，該不會是你們的爸爸和媽媽吧？」

小直臉上白皙透亮的肌膚，一下子失去了血色，我覺得甚至能聽見他的血管中血液倒流的聲音。

「怎麼可能會有那種事？」

「是嗎？」

「是呀，爸和媽都好好的。」

「他們最近有和你們聯絡嗎？」

「有呀，他們打電話回家過。」

「是嗎？」我點頭：「是嗎？」

小直盯著我看，就像在細數我的睫毛根數一樣，緊盯著我。

「爸爸，你在想什麼？」

「沒什麼。」我粗魯地揉了一下眼睛回道：「我沒在想什麼。」

之後過了十天，我都住在今出新町雙胞胎的家裡。因爲我想獲得新的資訊，所以勉強自己住了下來。

住院後的第八天，小直便出院回家。因爲他的盲腸炎十分嚴重，醫生交代回家後還得安靜休養四、五天。我一天的大半時間都陪著他，小哲則是高高興興地去上學。

由於小直不能隨意活動，我們吃得很差。我和小哲都沒有小直做菜的本領，但小哲還經常花很長的時間在廚房裡忙東忙西，做出的成果卻讓我們難以下嚥。

「那是天分的問題。」小直一副沒什麼了不起的樣子笑著說道。

關於那一對屁骨，我沒有得到任何新的資訊。加上腳傷也好多了，我沒辦法常常去找醫生，因此很心浮氣躁。

或許是這個關係吧，雙胞胎似乎也故意躲著我。有時候兩人還會說悄悄話，同時偷偷瞄著我，讓我很不舒服。

會發生那場騷動，也是在這種緊繃的情況之下，我心中堆積的鬱悶終於爆發了出來。

那是吃晚餐時的事情。小哲人在廚房，小直躺在客廳的沙發椅上。我心想有沒有能幫得上忙的，沒有打聲招呼便自然地走進了廚房。

記不得那是濃湯還是別的，當時我眼中只看到小哲彎腰對著桌上排列的盤子，拚命從手中的小瓶子裡撒出東西，我只看到這一幕。

「喂！你在幹什麼？」

大概是我怒吼的聲音太大了，小哲手上的小瓶子滑落，掉在地上碎了。裡面的粉末散落在整個地板。我穿過廚房一把抓住小哲的手臂，以我事後想起來就覺得丟臉的凶神惡煞般的模樣質問他：

「你說，裡面裝的是什麼？說呀，你在吃的東西裡摻了什麼？」

聽見廚房裡的騷動，小直趕緊從客廳衝過來，闖入我和小哲之間，拚命想把我們拉開。

「不要這樣。你們不要這樣。」

我氣喘吁吁地放開小哲。因爲太過激動，連我自己都沒辦法控制住自己。

雙胞胎緊緊靠在一起，一臉蒼白地凝視著我。我就那樣奪門而出，那一晚再也沒有回去。就算是今出新町，鎮上也有一兩間通宵達旦的小酒館。

於是我開始思考……

雙胞胎是不是已經發覺我對他們起疑心了呢？所以下一個就輪到我……

一邊想著這些有的沒的，我不停地喝著。儘管已經覺得不舒服，我還是猛灌。

隔天一早我在車站前書報攤上買了份早報，上面寫著已經發現那兩具屍骨的身分了。

六

線索來自於女方脖子上的細項鍊。那條十八K金的鍊子上面串著一顆小粒的鑽石墜子，在扣環的地方刻著店名。

女方叫做相馬美智子，三十五歲，單身。一個人住在那輛贓車失竊的停車場附近的公寓裡，在東京都心的銀行上班。

男方名叫佐佐木健夫，四十歲。與美智子服務於同一家銀行，是公關課長。住在東京都內的社區，和妻子之間有一個十二歲的女兒。

兩人都在一年前便行蹤不明，而且公司裡的人都知道他們兩人的外遇關係。所以當兩人同時不見蹤影時，大家立刻判斷是「私奔」。

然而令人驚訝的是，佐佐木留有遺書。

他的妻子直到刑警找上門來才心不甘情不願地交出遺書。那是一封用鋼筆寫在公司信紙的遺書，或許是內心十分激動，字跡很亂。不過根據公司部下的作證和筆跡鑑定，確定那是佐佐木本人所寫。

「發生這麼丟臉的事情，實在很對不起。我只能以死謝罪。美智子說她沒有我不能活，所以我帶她一起上路。我們希望死得不會太難看。」

也難怪被留在人世的妻子不願意讓這封遺書公諸於世。

這封遺書既沒有貼郵票也沒有蓋郵戳。據他妻子的說法是早上出門一看，就發現遺書在信箱裡了。

「是的，我以爲是他自己偷偷塞進信箱裡的。」

佐佐木早在失蹤前的三個月就已經拋棄妻女，住在美智子的公寓裡了。

「所以我嚇了一跳，還跑到美智子的公寓去看。但是沒有發現兩個人的屍體倒在裡面。因此我覺得這封信是騙人的，兩個人根本早就跑掉了。作夢也沒想到他們眞的死了。」

遺書上面提到「丟臉的事情」，似乎是指失蹤前的一個禮拜，佐佐木在招待客戶的酒席上，因爲喝得爛醉，不僅大肆作弄了接待的高級主管，最後還將調製攙水威士忌用的礦泉水淋在對方頭上。

他不是個沒有工作能力的男人，只有一個缺點，天生就是個酒鬼。一旦喝起酒來便不知節制，甚至做出無法預料的舉動。之所以和老婆處得不好，追根究柢也是因爲這個壞毛病。有一次他甚至硬要鑽進停在路旁的警車，差點就被警方逮捕。

他的情婦美智子卻和他妻子不一樣，完全可以容忍這名優秀行員的缺點，甚至連這個缺點都很欣賞。因爲她身爲女人卻也是酒國英雌，有許多豪飲的傳說。兩人最喜歡一起喝醉一起鬧事。

對於妻子而言，肯定覺得難堪，難怪她會把遺書捏爛了。社會大眾能夠理解她的心情，我也可以。

至於雙胞胎，我實在沒臉和他們說話。

可是又不能放著不管。我怎麼樣也邁不開步伐，直到天色已晚才試著回去。結果獨自站在庭院等著我的人，既不是小哲也不是小直。

而是禮子老師。

「請不要太責備他們。」老師坐在客廳的沙發椅上說道：

「一切都是我的責任。」

「責任？」

「是的。」

原來當時小哲撒在食物上面的粉末是中藥。

「我從以前就有貧血的毛病。後來在朋友的介紹下，開始服用中藥，只不過是用煎的。」

「噢……」

「那一天我去探望小直時，因爲聽小哲提起『小直開了刀，爸爸的腳指甲剝落，兩個人都流了不少血，得讓他們多吃一點豬肝才行』，所以我介紹那個中藥給他。於是小哲就跑去買了，但他的個性和小直不一樣，根本不喜歡廚房裡瑣碎的工作，他覺得煎煮中藥太麻煩，就直接摻在菜裡面了……」

我眞不知道說些什麼才好，原來是這麼一回事。

「昨天晚上他們打電話給我，發出世界末日降臨一樣悲慘的聲音。都是我的錯，請你原諒他們吧。」

我答應了老師，而且在那一晚上便實現了我的承諾。

「當我聽說從湖裡撈到車子時，我會那麼地害怕的原因，都是因爲那個關於今出湖需要祭品的怪談的關係。因爲我想起了那個怪談嘛。」小哲解釋。

「至於我……」小直接口：

「都是因爲爸爸說出一堆奇怪的話，我才會嚇得臉色大變。」

我頓時面紅耳赤，狼狽不堪（Helter-Skelter）。

我得聲明一下，其實並不是我原諒了雙胞胎，而是他們原諒了我。

有道是自作自受，那一晚我攝取了太多的酒精，使得腳指甲剝落的傷口又開始作痛。隔天我又去找花生大夫治療。

「聽說那兩具屍骨的案件已經解決了。」我先開口聊八卦，醫生很滿意地點頭道：

「看來咱們鎮上的警察也不是省油的燈嘛。」

「的確做得不錯。」

「對了，你還記得那個車禍受傷的年輕人嗎？」就是那個跟小直同一病房的年輕人嘛。

「記得呀。」

「是他告訴我的。他說他們一夥人很喜歡在馬路上開快車，就像賽車，因此常常在車禍現場那一帶兜風。就在一年前吧，曾經看見一對卿卿我我的中年情侶停車在那個失事現場附近。」

「是嗎?」我笑著說道:「看來那是自殺的兩人喜歡的約會地點嘛。」

因爲離美智子住的地方很近,所以很有可能。

「我想是因爲那裡沒什麼人會去吧。好了,已經沒問題了。」

隔天我回到東京。才剛剛踏進公寓大門時,就被一臉驚慌的管理員抓住,把我狠狠地訓了一頓。

「你眞是害人呀,實在受不了你。害得我打了一一〇報警!」

原來是因爲那張床單。我聽了十分錯愕,但是仔細想想這誤會還眞是發生得很有道理。

因爲我自認沒做什麼虧心事,所以隨便地把床單丟在外面。但是看在第三者的眼中卻不是如此。他們看到的是,沾滿血跡的床單裡包著什麼東西,被棄置在垃圾集中處。人們本來就習慣把事情想得很誇張,這麼一來更是非同小可。

可是錯不在我,要怪就怪那個缺乏常識的貝多芬吧!我本來想這麼反駁的,卻突然想到了某件事。

我只是要將床單丟掉,但在別人的眼中卻有不同看法,別人認爲我是要丟掉包在床單裡面的東西。

這件事在我腦海裡留下了深刻的印象。

今出湖的屍骨,那是自殺,毫無疑問地,連遺書都確認無誤了。而且那個失事現場也是他們常常約會的地點。

他們兩個人的酒品都不好。然後……

被發現的車子前後都被撞爛到令人覺得有點不自然。

「老大，有些事想麻煩你幫我調查一下。」

「什麼事？」

我說明事情的概要後，提出想要調查的事項，「美智子自己有沒有車子？有的話，一年前在他們失蹤的時候，她的車子是不是故障了？」

「然後呢？」

「佐佐木太太是不是有汽車駕照？丈夫過世後，她有沒有將車子送修？我想她應該會說前面被什麼東西撞到了。還有……」

「還有呀？」

「這件事有點麻煩。我想知道一年前在今出新町附近，有沒有發生過開車撞死人，肇事者卻沒有被抓到的案件。這些能麻煩你幫我調查一下嗎？」

老大答應了，調查的結果，答案都是肯定的。

一個禮拜之後，我打匿名電話給佐佐木太太，向她要求，「我已經掌握證據了，如果不想公開眞相的話，就帶著錢到指定的地方來。」然後我在指定的地方等著。

她來了，一臉好像扛著很重的東西似地。

我悄悄地離開了現場。

我想不用多久，我會偷偷地潛進她的房間，取得她應我要求所準備好的現金。對她而言，既然已經有人出面威脅，就算遭竊一、兩次，她還是願意把現金留在手邊。所以偷起來並不費事。

事情眞相其實令人不太舒服，我想。

那件屍骨的死因，和警方推測的有些不同。首先，佐佐木在遺書中提到的「丟臉的事情」，並非指在酒席上的可笑失態。

而是開車撞死人畏罪潛逃。

佐佐木和美智子的酒品都不好。他們常常在失事現場開快車，享受深夜的飆車之樂。

那天晚上也是一樣。但是美智子的車子故障了，沒辦法發動。因爲酒醉，膽子也變大的兩人居然學起十幾歲的不良少年去偷車，然後醉醺醺地開快車，接著出了車禍……

等到酒醒後恢復正常的兩人發現闖禍了，不禁害怕地決定自殺。這才是佐佐木所謂的「丟臉的事情」。

那封遺書的文章，開頭顯得很唐突。因爲那是第二張信紙，另外還有一張是第一張。佐佐木在第一張信紙中說明了自殺的理由。

佐佐木和美智子究竟用什麼方法自殺的？我也不知道。說不定是花生大夫提的那些方法，也可能是將汽車廢氣引進了車裡。總之他們的自殺方式，沒有造成任何身體的外傷。

在佐佐木死之前，曾經打電話給他太太。驚訝的太太馬上就趕到現場，發現了車上撞死人脫逃的痕跡非常清楚，也找到了兩個人的屍體和詳細的遺書。

佐佐木的妻子當場開始思考，動過一番腦筋後，她做好了決定。

幸好那個地方人煙稀少，沒有任何人看見那部車子。他太太用自己開來的車擠壓肇事的車子，往湖裡推擠。然後撕毀了第一張遺書。

換句話說，她不是要隱藏屍體，她眞正想隱藏的是那輛車子。

就她的立場而言，她必須爲女兒的未來著想。佐佐木已經死了，無所謂；但是女兒會怎麼樣呢？總不能從此成爲撞死人畏罪自殺的犯人小孩過一輩子吧。

所以她丟棄了丈夫的屍體。只要認爲是爲了孩子，就能平心靜氣地做這種事。父母就是這種存在，不管所作所爲對或錯，父母就是這種生物。

我沒有證據，也不打算去報警。如果她害怕被威脅，因此去自首，那也很好。

幾天後，我將潛入她家取得的現金以匿名方式郵寄到那場車禍的被害人家裡。當然我從中已經扣除了支付給柳瀨老大的手續費。

然後我用自己的荷包帶雙胞胎到外面吃飯。小直和小哲身上穿了一模一樣的新襯衫。胸口已經縫上跟其他衣服一樣的名字縮寫。

因爲注意到我的視線，雙胞胎說：

「我媽，」

「用包裹寄來給我們的。」

「還有一封信，」

「交代我們不要感冒了。」

父母的存在，實在超過了我能理解的範圍，太過複雜了。

根本就無法理解嘛。

Lonely Heart

寂寞心靈

一

該怎麼打發新年假期呢？

對單身漢來說，這根本就不是問題。反正孤家寡人一個，想睡大覺還是喝酒玩樂；想待在日本還是躲進深山裡；甚至想去爬新宿摩天大樓的外牆，都沒人會管你。隨你高興怎麼做，請便。

可是我還有兩個小鬼，這便是問題。

首先請你想像一下，像盲腸一樣緊緊附著在東京這個大都會圈一隅的新興住宅區，裡面有一棟才蓋好一年、有個小型天窗的漂亮洋房。屋子裡有間明亮的西式房間，靠窗位置並排著兩張書桌。

兩個穿著一模一樣的手織毛衣的男孩面對書桌坐著。他們拄著腮，連肩膀的角度都宛如量好似地完全相同。

這時他們「預備……起」地同時回頭笑道：

「爸爸！」

「新年假期，」

「我們要怎麼過？」

兩張臉也幾乎一模一樣。你不妨試試看在半夜作著這種夢驚醒，這實在太恐怖了。

事情說來話長，且讓我簡單說明一下。我並不是自願成為小直和小哲這對同卵雙胞胎兄弟的代理父親，而是被這兩個不容小看的孩子抓住了把柄，只好心不甘情不願地給他們生活費，當他們需要有父親存在時出來陪著笑臉站在一起。因為處於這種弱勢，難怪會作噩夢了。至於提到說這兩個孩子爲什麼需要代理父親，那是因爲親生父母都離家出走了。失蹤的雙親似乎各自在某處生活得很愉快，絲毫沒有自我反省回來認錯的跡象。他們似乎想在這一世把所有的孽緣都結算清楚（他們分別與自己的愛人私奔了），卻也沒有勇氣以殉情表達對孩子們的歉意，所以至今仍未發現他們的屍體。而被遺棄的雙胞胎也不打算依靠別人，兄弟兩人自己生活，因此就需要有個幫他們賺取生活費的父親了。而我就像飛蛾撲火般地掉到他們家的屋頂上，他們把我撿起來帶回家，悉心看護傷勢之後便提出了前面說的交易條件。這便是事情的經過，還弄不懂的人請參閱前面幾章，每次都要說明實在太麻煩。

前面那段的句子不知不覺越寫越長的原因是，因爲我得了急性鼻炎。鼻塞得太厲害，很難一邊打字一邊正常呼吸。可是如果改成用嘴巴呼吸，寫作這件事又變得困難之至（不相信的話，你就試試看。絕對辦不到）。嘴巴只要張開，就無法集中精神。所以我只好用力吸一大口氣，直到打完一整個句子才又吐氣，然後抬起頭再吸口氣。就像一年級的小學生學游泳一樣。

不好意思，先讓我吃個藥吧。

當我回來重讀時，心想爲什麼要開始寫這些東西呢？好不容易才想起目的何在。因爲剛好有個工作的空檔，我想好好整理一下自己的想法。

那對瘋狂的酒瓶組合的雙胞胎兄弟要如何打發新年假期呢？

如果他們的父母也乖乖在家的話，想必是一家四口圍著餐桌吃年菜，彼此恭賀新年快樂吧。說不定附近鄰居一早便來到家裡拜年——或許這種美好卻又煩人的習俗在那種新興住宅區是不時興的——也可能一家人一起去廟裡拜拜。

雖然有很多種度過新年假期的方法，但是我可以確定一件事。就算再怎麼遠距離通勤、只有週末才能住在一起的夫妻，到了新年假期也會回到自己家，與孩子們一起住吧！

因此如果這時候家裡沒有大人在，一定會顯得不自然，引人注意。

如果雙胞胎的父親是消防隊員，母親是活躍在世界各地的設計師，屬於少數特殊分子的話，新年假期或許就無法待在家裡了。遺憾的是他們都是普通上班族，新年假期不回家，怎麼都說不過去，肯定會讓人起疑。

這麼一來雙胞胎是被棄養兒童的事實便會紙包不住火，兩人很可能被送到寄養家庭去。這時他們一定得和我了斷代理父親的契約關係，搞不好順便將我的把柄公諸於世（從他們惡劣的個性來看，這是很有可能的）。到時候我人在監獄裡收到他們寄來上面蓋有「檢查通過」的信件……我可不要、千萬不要呀！

因此我必須到今出新町，和雙胞胎一起三個人愉快地度過新年假期，一起去廟裡拜拜才行。而且還得幫他們找一位女性當作代理母親，否則謊話還是圓得不夠漂亮。

我有些惶恐地和柳瀨老大商量這件事的可能性，與我有契約關係的這個不可小看的停業律師居然很乾脆地建議我：「你扮女人當他們母親不就結了，這樣還容易得多。」

今年這一年總算順利過去了，爲求溫飽一年來忙著工作，還好沒有餓著，日子還過得去。或許就是因爲這份安心感，讓老大的腦袋有點短路，我只當沒聽見。

那麼要怎麼和雙胞胎打發新年假期呢？

你說：「那就離開今出新町嘛，新年假期全家出外旅行，是常有的事啊。」

雙胞胎也早就想到了這一點，他們買了一堆旅遊導覽，整天高高興興地吵鬧著，去溫泉還是遊樂園呢？還是去住山中小屋等北海道狐狸出現比較棒呢？

「那個……」

「爸爸！」

「你想去哪裡呢？」

問題就在這裡，問題可大了。

所以我才會這麼煩惱啊。

二

首先我對雙胞胎說：

「我沒錢，所以不能帶你們去玩。」

我們面對面地坐在他們今出新町的家中，地板擦洗得亮晶晶的廚房餐桌前，腳下踩著溫暖的電毯。

沒想到他們卻面不改色地回答：

「我們，」

「出錢。」

果不其然，他們又是你一言我一語，小哲和小直兩人眞的是「你一言我一語」。

「我們還有，」

「一些存款。」

「就算考慮，」

「房貸的事，」

「也沒問題。」

「所以，」

「放心吧。」

「連東京灣希爾頓飯店，」

「也住得起。」

我瞪了雙胞胎一眼，「誰說要帶你們去東京迪士尼樂園了？」

一個大男人大年初一去迪士尼樂園，還住在那裡；就等於穿著亞曼尼的西裝，裡面卻穿著蕾絲內褲一樣丟臉。

雙胞胎一臉無辜。

「我們只是，」

「打個比方。」說完微微一笑。

「還是……」

「我們去搭」

「郵輪呢？」

「參加」

「新年，」

「在海上舉行的晚宴，」

「也很不錯！」

「海上大冒險的，」

「感覺也很棒！」

「對吧？」

我分別看著兩人的臉問：

「你們今天說話的分配比例好像特別短喔！」

「因爲，」

「我們感冒了。」

「所以，」

「說得，」

「太長，」

「很難過。」

「哈啾！」兩人同時打噴嚏。看來同卵雙胞胎眞的連感冒都是一起的。

「爸爸你也，」

「好像，」

「鼻塞吧？」

「那就到，」

「對呼吸器官有益的，」

「溫泉區吧。」

「去治好，」

「感冒吧？」

「我們來，」

「找找看，」

「這種溫泉區吧！」

只有酒窩的位置不同，兩張一模一樣的臉微笑地看著我。我一邊攪拌著馬克杯裡小直泡給我的麥芽飲料（據說對感冒有效），一邊慢慢地開口：

「你們……」

「嗯？」

「這是新年耶！」

「是呀。」

「你們難道不希望自己的爸爸媽媽回家嗎？」

雙胞胎彼此對看了一眼，不知道他們的感覺是什麼？果然還會覺得是在照鏡子吧。

「新年期間」

「對外遇的人而言，」

「其實很痛苦。」

「我們的父母，」

「已經私奔了。」

「所以應該」

「很幸福吧？」說完後他們咳了一下。

「因此，」

「那樣就好。」

「你們不寂寞嗎？」

「不會！」兩人異口同聲：

「我們有爸爸呀！」

他們嘴裡的爸爸當然就是我。就是這一點呀，這就是問題。

「其實我在想……」

「什麼？」

「什麼？」

「你們不覺得我們這種關係實在很不自然嗎？遇到新年、聖誕節等假日就越發顯眼。所以趁這個機會，我想說清楚……」

雙胞胎同時陷入沉默。低著頭看著已經喝光的杯子，描繪出美麗角度的睫毛，並排低垂著。

終於小哲開口了。

「爸爸？」

「幹什麼？」

「你是不是，」

「不喜歡我們了？」

如果被女人問到「你是不是不喜歡我了」時，我可以說謊混過去，也可以故意捉弄對方回答「是的」。甚至可以回答「我一開始就很討厭妳」或是「我從來就沒喜歡過妳」。

可是被小孩問到同樣的話時，就算把我的手扭下來，我也無法回答一聲「是的」。能夠說得出口的人，他的身體裡面流的肯定不是血液而是絕對零度的液態氮氣！

突然成爲兩個十三歲男孩的爸爸後，我才猛然有這種想法。男人無法成爲女人，女人也無法成爲男人。所以男人對女人、女人對男人有時才能平心靜氣地做出殘忍的舉動。但是由於不論男人或女人都曾經當過兒童，因此不論是誰都無法殘酷地打擊兒童。如果人有前世今生的說法是眞的，假設你已經知道自己前世是隻小鳥，那麼你便不會再獵殺鳥類，或將小鳥關在籠子裡吧？兩者的道理是一樣的。

傷害雙胞胎，就等於傷害了我過去曾經是小孩的那一部分。所以我做好心理準備，愼重地選擇用語表達內心想法。

「我不是不喜歡你們了。」雙胞胎抬起頭，四隻眼睛同時看著我。

「那……」

「爲什麼呢？」

「你們眞的覺得這樣子生活幸福嗎？」雙胞胎點點頭。

「你們認爲能夠一直這樣下去嗎？」

「我們想一直這樣下去。」

「我們眞的想一直這樣下去的。」

「那你們的父母怎麼辦？雖然他們很過分，但是父母就是父母，你們能不要他們嗎？」

我問被父母遺棄的棄養兒童：「你們能不要父母嗎？」這個問題很可笑卻也很眞實。人居然會被自己所遺棄的東西拋棄。我明知道這一點卻還是繼續逼問他們：

「如果你們的爸爸回來了，你們會不讓他進門嗎？如果媽媽擔心你們回來了，你們會說這個家已經沒有媽媽的容身之處嗎？」

「我們說不出，」

「這種話……」

「就是啊，說不出口嘛。如果你們的爸爸回家了，你們會接納他。就像過去一樣，一家四口和樂地生活。也許一開始會有些彆扭，但也只是剛開始，畢竟你們是一家人嘛。」

我在心中整理接下來要說的話，就算只有這樣也讓我心情十分沮喪。爲了不讓自己洩氣，我盡可能不看著雙胞胎的臉繼續說下去：

「可是你們幫我想想，在那種情況下，我該怎麼辦？我也和你們的父母一起生活嗎？那不太好吧？你們一家四口，不、就算只是一家三口，我都是多餘的人，是外人。就好像正式球員受傷治好回來球隊，代打選手又得回到二軍一樣。」

雙胞胎怯生生討好似地看著我慢慢開口：

「爸爸，」

「你究竟要說什麼？」我還是無法抬起頭。

「我要說的是，如果被當作外人看待的話，如果被說『沒事了你可以走了』我也會覺得寂寞的。你們好像只當我是親生父親的代替品，一個隨時可以替換的零件，可是我也有感情呀。所以我也可以和你們高高興興地去新年旅行、我們可以和樂相處、我可以陪你們玩代理爸爸的遊戲，但是要玩到什麼時候呢？如果和你們相處融洽後，你們卻突然說遊戲到此爲止時，我會有什麼感受呢？你們曾經想過這一點嗎？」

我很固執地低著頭，只能看見小直和小哲放在桌上的手指頭。因爲我看到他們的手指頭微微顫抖，我的心情就像是一隻爬出地面曝曬在陽光下的蟲子一樣。一隻沒有眼睛鼻子沒有手腳的蟲子，再多曬一秒鐘就會被曬死的蟲子！不，我希望自己能成爲那隻蟲子，直到死前都靠著吃自己的屎生存，沒有任何朋友。

「所以我才說我不要你們叫我爸爸！不要你們表現得太親熱！我和你們之間純粹只是契約關係，知道嗎？只有契約，這份契約中並沒有包含要愉快地去新年旅行！」

我好不容易才能抬起頭面對雙胞胎的臉。雙胞胎彼此看著對方，他們大概感覺看著一面霧濛濛的鏡子吧。因爲當他們轉過來面對我時，兩人都一副泫然欲泣的表情。

「那麼，我們……」

「該怎麼做才好？」

「什麼都不必做。」我說得斬釘截鐵。

這時候必須做出了斷。我就是想要有個了斷才說這些話，既然已經開了頭就不能半途而廢。

「你們去東京的飯店過年吧，或者想去迪士尼樂園就去吧。我幫你們預約，但是我不奉陪。這是只有你們的新年假期，今後也是一樣，不要再把我拖下水了。」

說到這裡，一陣沉默侵襲我的耳畔。一種令耳膜嗡嗡作響的沉默，一種令人想遮住耳朵的沉默。

終於小哲開口說話，聲音小到不探身向前聽不到。

「我懂了。」小直也附和：

「我懂了。」然後兩人同時說：

「對不起。」

打從我出生以來就沒聽過這麼令人心酸的「對不起」，我可不想再聽到第二次。

所以我最討厭小孩子！

三

柳瀨老大打電話來是在年關將近的十二月二十八日。因爲事務所已經放假了，他是從家裡打來的。

「有急事上門了，可不可以空出時間給我？」

「什麼時候？」

「就是今晚，業主跟我有點關係，基於道義我不好拒絕。是以前照顧過我的朋友的堂弟的女兒的婆婆的外甥女。」

「是女的嗎？」

「沒錯。」

自從上次和雙胞胎見面以來，我的心情一直都很低落，整天窩在房間裡無所事事。只覺得心裡老有冷風吹進來，吹得我又冷又心慌。我過去從來沒有這種習慣，現在卻電視機成天開著，又不是眞的想看，百無聊賴。當老大打電話來時，我正發呆地看著年終特別新聞集錦。

「好呀，反正我也閒著。」

專業小偷是沒有年終或新年假期的。只要有生意上門，隨時都得開工。

「你拿筆記下我所說的。」老大交代。

「不用了，只不過得先拜託你一件事。」

「什麼事？」

「老大的孫子在旁邊吧？我聽得見聲音。」

老大有七個孫子，最小的應該今年剛滿周歲。

「是啊，在呀。」

「在哪裡？」

「坐在我腿上，我不能動。」難怪我始終聽見幼兒的語意不明的說話聲。

「可不可以抱到別的地方去？」

「總不能叫我拿去丟掉吧！」

「別那麼誇張，你只要把他趕到隔壁房間不就得了。」

老大不高興地唸了兩句，一邊逗弄著孫子一邊將他趕出了房間。

「這樣你高興了吧？」

「謝謝。」

老大好像想說些什麼似地停頓了一下，不過最後似乎還是「算了」地回到正題。

「業主名叫本田美智子，三十五歲，結婚七年了，是很普通的家庭主婦。先生是東洋鋼鐵的職員，擔任財務部門的股長。收入不錯，就是很忙。」

「常有的事嘛。」

「沒錯。寂寞的太太每天無聊得很。」

「小孩呢？」

「沒有。」以我現在的心境來看，沒有小孩最好。

「整天沒事做，又很空虛寂寞，於是太太開始跟筆友通信。」

雖開靜音，但電視還是有畫面，所以仍吸引了我一半的注意力吧？我想。我還以爲聽錯了老大說的話。

「你說她做了什麼？」

「和筆友通信呀。」

我瞇起眼睛，看著電視畫面上開始播報新聞，頭條大事是蘇聯的事件。那個社會課上老師叫我們在空白地圖塗上顏色，一一認識城市名字的蘇聯；那個在間諜電影中始終扮演反派的蘇聯、老是派出刺客到世界各地追殺亡命天涯的叛國者（總是被其他國家這麼說）的蘇聯，已經消失在地球上了。在這種局勢中，一個不受丈夫關愛的寂寞妻子會做出什麼舉動，我一點都不會驚訝。

「不是外遇而是寫信嗎？」

「她很喜歡寫信呀。」

「……」

「對方是從雜誌上『徵筆友』的專欄中找到的。當然，是個男的。」

「嗯。」

「只是彼此之間的文書往來都是使用女性的名字，所以她先生完全都沒有發現。」

「那不就好了嗎？」

「才不好。因爲美智子太過陶醉於寫信的快樂，在信裡赤裸裸地寫了不少心聲。」

「赤裸裸……」

「包括過去的外遇經驗、丈夫的壞話等等，寫了一大堆。」

原來如此，我了解事情的狀況了。

「書信這種東西就是會讓人寫出日後後悔的內容。」

「如果是爲了以後公開而寫的話，就沒什麼問題；但是就因爲是隱私的內容，所以才很困擾。」

雖然是公開跟後悔有所差異，但是老大的說法和我完全一樣。

「所以那些信都在對方的手上囉？」

「沒錯！」

「對方來恐嚇了嗎？」

「你還眞是聰明。」

「要求是什麼？」

「錢囉。」

「嗯，我還以爲是要女方和他在飯店見面呢。」

「是呀，眞難相信又不是作家，居然會有男人拿寫信當作興趣。不過這應該是他的慣用伎倆。」

「是慣犯嗎？」

「沒錯。我懷疑他很有技巧地讓對方逐漸寫出一些私密的事。」

原來是新型態的威脅手法。

「他要求了多少錢？」

「兩百萬。」

倒是沒有很貪心嘛。

「他很聰明。現在這種時局，大家都很有錢，這種金額應該沒什麼問題。女方通常也能狠下心，花錢買回那些信後再抱頭痛哭。」

對方要求今晚十二點一手交錢一手拿信。

「三鷹那裡不是有座森林自然公園嗎？就在裡面的遊園步道上。」

「那個時間進得去嗎？」

「進得去，裡面是情侶的約會聖地。」

「那我的任務是？」

「跟蹤那男的，在半路上把錢給拿回來。」

「女方不願意付兩百萬嗎？」

當作是學乖的學費不就好了嗎？

「美智子她啊……她是那種很容易受到影響的人，泡沫經濟的時候她也跟著玩投資買股票，偷偷動用了夫妻名義的存款。所以她連兩百萬也拿不出來，事實上今天晚上準備的贖金也都是借來的。」

所以不拿回來就糟了嗎？

「她先生不知道股票的事嗎？」

老大低吟了一聲：「好像還沒跟他說吧。」

「可是她卻在信上提了。」

「猜對了。」

「那不是屋漏偏逢連夜雨嗎？」

「她本人也在反省，但嘴裡還是抱怨如果先生爭氣點，她就不會那麼三心二意了。」

「這說法不太公平吧？」

「夫妻之間的事誰知道呢。」

「可是她就是擔心萬一被先生知道信的內容而要離婚就糟了，所以才肯付對方贖金吧？」

「聽說是她不願意放棄目前這麼舒適的生活。她先生就像帶著錢回家的機器，她寧願生活寂寞點也不願意離婚。」

我有點不太想接這筆生意了。

「眞是自私的女人。」

「可是聽說她先生很愛她，非常黏她。」

這和我毫無關係吧。

「好吧，我答應。既然是老大的人情，我不能不幫忙。」

「我會記住的。」

突然電話那頭傳來玻璃破碎的聲音，蓋過老大的說話聲，接著還有人的尖叫聲。

「喂、喂？」好一陣子，電話那頭都沒人說話，好像電視上出現靜止畫面並打出「畫面調整中請稍待」的混亂場面。

「喂、還好吧？」

回來接電話的老大氣喘如牛。「不好意思，不好意思。樓下廚房的玻璃被打破了，最近常發生這種事。」

家裡的玻璃「常被打破」，這可不太尋常吧。

「不是，你誤會了，我的意思是我們這一帶最近常發生這種事。也不知是哪裡來的混帳東西，只要丟石頭打破別人家的玻璃他就很高興。因爲我們家前面是八公尺寬的馬路，車流量很大。那個混帳東西好像也有開車。根據調查的結果，每一戶遇害的住家在玻璃被打破的同時都有聽到車子開過的聲音。」

還好沒有人因此而受傷。等老大確定沒事後，我和他確認好晚上的行動程序。正準備掛上電話時——

「喂，你是不是和今出新町的雙胞胎吵架了？」

「怎麼這麼問？」

「因爲你頭一次嫌我家孫子吵。所以我猜你應該是和那兩個孩子鬧得不愉快，因此連小孩的聲音都不想聽吧。」

明知道沉默便代表承認，我卻一句話都說不出來。只好說聲「那就晚上見」並掛上電話。

電視畫面從剛剛起便出現年尾的街頭風光。大概從和老大聊到玻璃的事開始，鏡頭轉成銀座一家有名的珠寶店。而且攝影機搖晃得很嚴重，畫面拍得十分慌亂。難道是有人搶劫？我趕緊將電視音量轉回；結果根本沒什麼大不了。

原來是一輛載滿準備用來粉刷永代路天橋的油漆的卡車，在銀座路轉彎時，一不小心在寶石店門口弄翻了一大桶油漆。眞是個烏龍事件。

「在年輕女性『最喜歡收到的禮物』排行榜中，第一名就是這家店的珠寶。幸好這次的卡車事件不是發生在一大群男性忙著排隊爲情人買禮物的聖誕夜，眞可說是不幸中的大幸。」一名女記者穿著長靴、站在黃色的油漆海中說出這段話。果然整個馬路上都流淌著油漆，要是發生在聖誕夜裡就更好看了！

整片的黃色，令人看了焦躁不已，更加刺激神經。因爲對精神衛生不太好，我決定關掉電視。

其實之所以看到什麼都覺得心神不定與無聊心煩，恐怕是我自己的問題。我心想著晚上要出門，然後迷迷糊糊地打起瞌睡時作的夢也是一整片黃色。

我想和某人和好所以拚命地尋找對方，但是拚命找的結果卻是，陷入一片黃色煙霧中，始終找不到人……

我作了這樣的夢，流了一身的冷汗。

四

夜晚天色當然很暗。但我所說的暗並非指天色，而是一種令人感覺陰森森的氣氛。換句話說，這是個陰森的暗夜。

我在森林自然公園的入口和老大，以及搭老大開的箱型車一起來的美智子碰面。我是第一次跟她見面，看到她時我心中有個想法，而且是個令人憂鬱的想法。

她的確長得很漂亮，但是該怎麼說呢？對了，就像走在路上經過轉角時，她都準備好要遇見要破口大罵的對象。這個轉角沒遇見，那可能是在下一個，也可能是在下下一個。不管什麼時候遇到她都準備好要罵人，全身上下神經緊繃。她的嘴唇很薄，嘴角有些翹起；若是平常會覺得她的嘴巴長得很有特色，還算可愛。但是如果評估這女人所擁有的特質，只會覺得那是一個效率十足的罵人武器。

我們簡單討論了行動的程序。只是美智子一切都很依賴老大，只知道動不動就跟老大說「對不起」。腿上抱著一個皮包和一個小紙袋，說裡面就是那兩百萬。

「請你一定要幫我拿回來喔。」

她撒嬌般地摸著胸口靠過來，我回答「是」的同時，感覺自己好像後退了半步。

對方指定的交易地點是公園裡小廣場的入口，沿著遊園步道排列著一排紅色長椅。因為公園裡只有一處這種地方，很容易找——而且對方的信上還畫了圖示。

我們在討論時，周圍沒有任何人。只有一輛紅色的敞篷車經過我們身邊開進了公園裡。

我們交易的舞台——那條遊園步道當然不能開車，旁邊有一條平行的車道。那輛車是開進了車道。車子前座坐著一對情侶。今晚的確是個美麗的星月夜，我不禁想著「他們難道不冷嗎？」地注視著兩人。看來他們有點醉了，感覺興奮過了頭，可能一點都不覺得冷。女方還發出輕薄的笑聲。

沒問題吧……我不禁瞄了一眼他們的車牌號碼。萬一他們的車在哪裡出車禍著火了，或許會需要我的目擊證詞。

兩人都很年輕好看，就像從雜誌裡走出來的俊男美女。問題是那輛車不怎麼注重保養，渾身傷痕累累。在他們的車子還沒完全離開之時，老大沒辦法繼續說下去，所以只好百無聊賴地看著年輕男子抓著方向盤往森林自然公園的入口開去。就在輪胎一開上公園裡的柏油路車道時，車子轟地一聲加快速度，以驚人氣勢呼嘯而去。老大沉默地搖搖頭，一臉受不了的表情。

「好危險呀。」美智子說。

今天晚上我的任務簡單明瞭。

我先跟在美智子的後面走，和她保持看來並非同伴的距離；半路上越過她，直到看見她走到對方指定的地點後，再趁沒人注意的時候躲進樹叢裡。等到對方出現後，改成尾隨對方。

要拿回贖金，最好在那傢伙離開公園後較好。公園有兩個出入口，我們進來的入口有老大的車停著；我的車則停在另一個出口。所以不管對方往哪一個出口離開，我都能攻擊他之後拿錢逃走；也可以跑到最近的公園入口，跳上自己或是老大的車揚長而去，這就是我們的計畫。老大則開著另一部車載美智子回家就好了。我和老大各自有彼此的車鑰匙。

計畫本身很單純。因爲單純的計畫最美，成功率也最高。

我平常是不參與暴力犯罪的，但是因爲這次對方是威脅女人的壞蛋（雖然被威脅的女人本身也有問題，不過這個暫且擱在一邊不談），加上我的心情也不太好，當個趁火打劫的強盜也沒什麼不好吧？我一邊這麼想一邊自暴自棄地抬頭看著月亮，腳步沉重地走在燈火通明的遊園步道上。

美智子走在我前面兩公尺，看起來走得很辛苦，整個人的肩膀忽上忽下。誰叫她來這種地方還要穿高跟鞋，她大概希望在這種情況下，自己的腿部線條依然美麗吧？其實一點用都沒有。

何況這裡根本沒有人來。這也難怪，天氣實在太冷了。剛剛那對情侶還是開車經過公園，發神經跑來散步耍帥的只有我們以及威脅我們的傢伙。

可是這條路還眞是難走。

剛剛我說「腳步沉重」是有理由的。因爲這條路上鋪滿了砂石，走起來很不方便。說是砂石，還不是那種碎石子，而是半個拳頭般大的石頭。我正納悶爲什麼要把這人行步道搞得這麼難走呢？突然間我想起公園剛蓋好時，報紙上的一篇報導。

原本公園裡的車道和遊園步道是偶爾交叉的兩條環狀道路。因爲遊園步道的設計比車道更多變化，彎彎曲曲、高高低低的，增加人們散步時的樂趣。

然而這種設計對機車族而言，反而更具吸引力。

儘管一再禁止，機車族還是偷偷進來在遊園步道上飛車疾駛。尤其在晚上，他們根本無視禁止標誌，連地面上的阻擋設施都遭到了破壞。最後連散步行人也被撞傷甚至有人死亡。

所以有關當局才故意鋪上石塊，讓摩托車難以行走，卻也造成了行人的不方便。

我一邊想著這一切還眞是徒勞無功，一邊抬頭看著煤氣燈造型的街燈。周圍環繞的樹叢裡發出北風的呼嘯聲。我開始懷疑自己究竟在這麼寒冷的夜裡幹什麼？

這時我聽見前方傳來女人的尖叫聲。

是美智子的叫聲。

踩著碎石子地，我不假思索向前衝，發現美智子就站在前方的遊園步道和車道交叉口的旁邊。整個人跌坐在地上，緊緊抱著皮包和那個紙袋，失魂落魄地渾身顫抖著。

她的身邊趴著一個男人，身上穿著皮鞋和毛呢大衣，帶著一個小型的隨身包；一副標準上班族的打扮。他的雙手向前伸出，貼在車道的地面上頭部周圍閃閃發亮，他腦袋下面的遊園步道上的小石頭也閃閃發亮。

濕濕的一片，那是血。我上前把了男人的脈，他已經死了。

「妳還好吧？」

我問還在發抖的美智子。

她的嘴角不停顫抖，卻發不出聲音。我靠近她，只聽見她的喉嚨裡面發出模糊的字眼。

「咻……咻……」

「什麼？妳說什麼？」

「咻……咻……咻……」又不是蒸氣火車頭。

「這位太太，妳到底怎麼了？」

「這……這……」

她好不容易才恢復聲音，接著她爆發般地說：

「這個人……是我先生！為什麼他會在這裡？為什麼他死了？」

五

在警方趕來之前，我已經先行告辭。之後的情況是老大告訴我的。

老大除了隱瞞我衝到屍體旁邊的事實外，其餘皆據實稟報警方。誠實就是力量。警方只問了幾個佐證的問題後，大致上相信了老大和美智子的說法。

遊園步道上的屍體叫本田唯行，四十歲，的的確確是美智子的丈夫。而且他不只是死了而已，看來是被人殺死的。

後腦杓被什麼硬物敲了一記。

「好像不是被很大的東西打的。感覺是某種，頂多是拳頭大的東西而已。」

而且還從他的上衣口袋中找到一大疊信件。

沒錯，就是美智子寫給筆友的信，信上大說老公的壞話、自己炒股票失敗、過去外遇經驗等等，琳琅滿目。而且信件的數目十分完整，一封不少。

「警方認爲威脅美智子的男人可能也同時威脅了本田。」老大說明。

「你是說對方威脅本田『你老婆在信上說了一大堆你的壞話，如果這些信讓你的客戶看到了，恐怕不太好』之類的吧。」

「沒錯，就是這樣。對方要本田出錢來買，兩人約好比美智子更早的時間在同一地點進行交易。」

調查結果發現，當天白天本田從他的銀行帳戶領出了兩百萬，警方懷疑他可能拿了錢到公園赴約。

「可是對方居然故意將兩人約在同一個地點，這種做法實在太惡劣了，搞不好他們夫妻會在回程上相遇。」

「說的也是。」我點點頭。

「但是本田卻比對方想像的更難對付。」

「沒錯，所以在爭執之後……」

本田就被殺了。

「根據調查，對方所報出來的名字——也就是他寫給美智子的信上所用的名字是假的。地址也是民營郵局的郵政信箱號碼。當初登記租借時的訂約人和住址也都是亂寫的。」

「會去租用信箱的人，怎麼可能會用眞名呢？」

「就是說啊。美智子手上那些對方的來信，除了簽名外都是打字，所以找不到任何線索。據說連簽名的筆跡也刻意改變過，是特別有個性的字體。」

「我猜也是這樣子吧。」

這是個令人不愉快的事件，卻也是常見的事情。威脅者和被威脅的女人，受到牽連而死亡的老公。啊，光想就令人討厭。

不過在那之後，若非聽到老大說的某件事情，我一定老早就忘記這個事件。

而所謂某件事情是……

「目前沒有發現什麼線索，只是有一點，在本田的鞋底沾上了黃色的油漆。平常不會有這種事吧？連警方也丈二金剛摸不著頭腦。」

黃色油漆。

爲什麼我覺得很有印象。油漆？沾在鞋底？

然後我起來了。那個穿著長靴的記者和銀座的那家珠寶店。

我想了一整天。然後心想不如出去確認比較快，所以我將那篇標題爲「森林自然公園殺人事件」的報紙報導剪下來，前往銀座。

報導上刊有本田的照片。拿出來之後，找到了一個記憶力不錯的女店員。畢竟那一天不是聖誕夜那種特殊日子，客人不多，她記住了大部分的客人長相；更何況如果是買了高價位商品的客人，就更不容易忘記了。

「是的，這位客人那天有來。沒錯，就是發生黃色油漆事件的那一天。他買了我們店裡獨家設計的淚滴型鑽石墜子。什麼？價錢嗎？兩百萬。」

賓果！我猜對了。

問題是誰偷走了那個鑽石墜子？

老大不僅是我的資訊來源，跟警方的關係也不錯。請他調查事情易如反掌，打通電話就ＯＫ了，就像是路邊到處可見的小額信貸公司一樣。

可是當我一開口，他卻用懷疑的口氣說道：

「喂！你幹麼問這種事情？」

「有什麼關係，就告訴我嘛。」

老大念出了地址和姓名。

「謝了。」我記下內容。

我拚命地想起了出事的那天晚上，在我們進去森林自然公園之前先開進去的敞篷車車牌號碼。然後請老大趕緊幫我查出車主的身分。我正準備掛上電話時，老大叫住我。

「雙胞胎打電話來了。」

「——打到老大家嗎？」

「是呀。他們很關心你，問你好不好？他們倒是還挺有精神的。」

「那不就好了嗎？」

老大不太高興地閉上嘴，一會兒後才換了個口氣：

「他們告訴我一件有趣的事。」

「什麼有趣的事？」

「之前我們這一帶不是有很討人厭的砸玻璃事件嗎？我跟他們講電話時，剛好隔壁鄰居又受害了。因為聽到聲音，他們嚇了一跳，所以我告訴他們原因。結果雙胞胎不知道商量了什麼之後告訴我，只要稍微注意路面，就能防止這種事，一定可以。」

「注意路面？」

「是呀，你知道怎麼回事嗎？」

當然不知道。於是老大一邊大笑一邊解釋給我聽。

「他們在路上放石頭。那些砸玻璃的混帳傢伙，故意在我們家前面那條八公尺寬的馬路上放石頭。當車子經過時，輪胎接觸到石頭後，有時會讓石頭彈開；石頭彈開的方向也沒有一定。但是幾次裡面總會有一次砸破我們鄰居的窗戶玻璃。那些混帳東西就是喜歡玩這一套。」

我像個笨蛋所以張大了嘴。

「這是雙胞胎他們想到的嗎？」

「這是他們推理出來的，眞是厲害！我們這一區的人接下來就要開始擬定對策，一定要讓那些砸玻璃的混帳東西好看！」

老大意氣風發地掛上電話，我還是一臉呆樣地楞在當場。然後覺得好像出其不意地被一巴掌打醒，不禁放聲大笑。

原來如此、原來如此啊！

那個開敞篷車的年輕人名字，我暫且不說出來。當他接到我的電話時，嚇得說不出話來，相信他再也不敢幹這種蠢事了。

他是個很普通的年輕上班族，他說那天晚上是他頭一次酒醉駕車。誰知道他的話是眞是假，我只能說他的態度還算誠懇。

我約他到我的地盤說話，不是小酒館也不是咖啡廳，而是在我的車裡。他從頭到尾部很緊張地玩弄著自己的手指頭。

「我打電話給你的時候，不是說『把你從倒在森林自然公園的男人身上偷的東西交出來』嗎？」

他點點頭。

「不過我要說的不只是這些。因爲我一開始想錯了，你們並不是因爲看見男人倒在地上才停車；而是當你們開車經過時，剛好看到男人即將倒地才下車吧。我說的沒錯吧？」

問題出在那些鋪在遊園步道上的小石頭。那些有半個拳頭大的石頭，在交叉路口難免會滾到車道上面。而這一對因爲喝醉酒而天不怕地不怕的年輕情侶，在公園裡快車通過交叉路口時，輪胎壓到了一顆石頭，正巧命中了那個倒楣男人的後腦杓。

因爲車速太快，普通車子的話是不會發現男人倒地的。但是因爲他們開著敞篷車，立刻就發現了。也可能是當石頭打中美智子先生時，他們聽見了他的慘叫聲。

「你說的沒錯。」年輕人顫抖著身體點頭承認。

不論事前事後，現場除了死掉的本田之外，沒有任何人出現過，他是意外身亡的。

「你們下車跑到男人身邊，發現人已經死了之後，本來嚇壞了的你們想立刻逃跑，但是當你們看到從男人的口袋裡面掉出一個銀座珠寶店的包裝紙袋時，不禁鬼迷了心竅吧？」

「那家珠寶店的商品，我根本買不起。可是我女朋友很想要……」

就是這麼一回事。美智子的先生並不是爲了贖金到銀行領了兩百萬，而是買了兩百萬的珠寶要送美智子。

所以那天晚上只有他一個人在現場。也就是說，美智子的丈夫就是她的筆友，也是威脅她的人。

起初或許只是偶然。男方也開始對不在意自己只知道玩的美智子感到不滿足，而想要找個不同的對象，於是刊登了「徵求筆友，來信請寄……」的廣告也說不定。而偏偏應徵上門的筆友就是美智子……

不、不對。他利用了民營郵局的郵政信箱和打字。所以他可能是有計畫地試探美智子吧？只要在生性好奇、喜歡追求刺激的美智子面前故意翻開刊登那則廣告的雜誌，美智子很容易就會上勾，這應該就是事情的眞相。

美智子在信中寫滿了自己的心聲。他在充分掌握了美智子的想法覺得滿足之後，決定用威脅手段對美智子表明「其實我就是妳的筆友」。

可是既然如此，爲什麼還要花兩百萬買鑽石墜子呢？

開敞篷車的年輕人幫我解開了這個疑問。

「因爲那一晚我們喝醉了，膽子也變大了，所以才會順手牽羊拿別人的東西。我們現在眞的很後悔，我女朋友也因此得了心病……那個墜子是那家珠寶店獨家設計的淚滴型鑽石。男人利用送女人那個墜子表示要和對方分手。在那齣很紅的電視劇中也是這麼演的，所以在情侶之間就成了一種默契……因此我女朋友在我們偷了那個墜子後，便開始擔心我們之間的關係是否也該結束了。」

原來美智子的先生要和她分手了。

兩百萬元的淚滴型鑽石墜子就當離婚的贍養費，不，應該是分手費。

我向那個一臉驚恐的年輕人提議：

「那個墜子交給我吧？我來還給失主。」

他答應了，十分高興地答應了。

你問我怎麼處理鑽石墜子嗎？

我沒有還給美智子。因爲先生過世，她不得不放棄安逸的生活。這樣的懲罰應該就夠了吧？更何況像她這種女人，就算用分手用的淚滴型墜子指責她的所作所爲，她也不會放在心上，改過自新。如果丈夫活著時交給她，或許還有一點效果；已經不在世的人對她說「我送妳這個是爲了要和妳分手」，美智子大概只會吐吐舌頭、厚著臉皮收下吧。說不定心裡只會想有保險理賠金就好，然後把墜子拿去鑑定，看值多少錢。

她其實早已經做了選擇。旁人如果換個焦點來看這件事，立刻就會發現她本來就捨棄這段感情，只是自己也被捨棄了。

我把兩百萬元的鑽石墜子拿到收贓貨的熟人那裡賣了一百萬。

拿到之後，我打算到今出新町去。剛剛打電話去的時候，小哲和小直都在家裡，正在寫賀年卡。

「那就快點寫完。新年我們去洗溫泉，我們去能夠治好感冒的溫泉吧！」

我覺得自己好像故意逞強的傻瓜。

這世界上有太多像美智子這樣的人。雙胞胎的父母光憑拋棄兩兄弟出走這件事，就可能是

「美智子型自私鬼」。因此一如美智子至今都沒有發覺，與自己朝夕相處的先生居然用假名做出那種事，她始終都沒有意識到，也從未想過凝視先生的眼睛。雙胞胎的父母也從來沒有考慮過兩兄弟，而是一味地自私下去。所以他們也很有可能永遠不會回家，不是嗎？

可是我卻擔心這種人回來以後的事，我爲什麼得爲他們和雙胞胎吵架，而讓自己這麼憂鬱呢？

所以，我決定算了。當然是彼此同爲天涯淪落人的關係優先才對，我們應該讓自己快樂嘛。

接到我的電話，雙胞胎顯得相當高興。

「我們會馬上，」

「打包行李。」

「爸爸！」

「我們剛剛」

「有了新發現。」

「原來感冒啊，」

「就是爲了讓人關心，」

「爲了聽人說祝你早日康復，」

「所以才會得的。」

如果有人關心的話，就算鼻塞也是快樂的。

沒錯，說得一點都沒錯。

Hand Cooler

水晶涼鎮

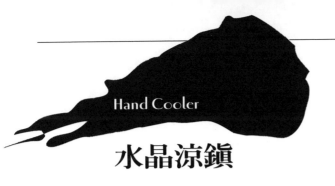

一

聽說那孩子的名字叫城崎雅。

「她是唱演歌的新人嗎？」

「怎麼可能，」

「才不是呢。」

「人家才十一歲，」

「如果從事演藝活動的話，」

「豈不是違反了勞動基準法嗎？」

「演歌歌手不算藝人吧。」我說：「而且如果十二歲不能當藝人，那向日葵劇團（註一）該怎麼辦？不就成了犯罪者的集團嗎？」

「哈啾！」小直打了個噴嚏。小哲一邊揉眼睛一邊伸手摸索將面紙盒遞給他。

擤完鼻子的小直將面紙揉成團邊丟邊說道：

「我不知道。」

一雙淚眼的小哲也眨著眼睛接口：

「而且……」

「這種事……」

「根本無所謂。」

「雖然是常有的事，」

「不過我們是不是離題了呢？」

沒錯，雙胞胎說的沒錯。我喝了一口小直幫我沖泡的皇家奶茶，舒服地靠在椅背上。

「那個孩子怎麼了？」

「她跑來拜託我們，」小哲回答：

「幫她找神秘事件。」

我手上捧著杯子，皺起了眉頭。

「當今社會上有很多新奇的食物，不過我還是頭一次聽見有人在曬神秘事件乾來吃。（註二）」

雙胞胎聽了同時笑了出來。

「對不起，」

「雖然吃的藥還蠻有效的。」

「鼻塞嗎？」

「討厭，是花粉症啦。」

「打針眞是，」

「痛死人了。」

因爲奇妙的緣分，我當起這對雙胞胎兄弟的代理父親，如今他們竟然同時罹患了花粉症。活

註一：一九五二年成立的劇團，是日本電影與連續劇的童星來源。

註二：日文中「找」與「曬」發音相近。雙胞胎因鼻塞發音不標準，因此主角才會說出接下來的冷笑話。

到十四歲，今年春天起他們的鼻黏膜突然決定對杉樹花粉過敏而作亂。

「我們第一次，」

「遇到這種事情啊！」兩個人異口同聲地抱怨。

他們家位於今出新町小山丘的半山腰，外觀就像是點綴在蛋糕上面的巧克力房子一樣。因爲周遭沒有任何遮蔽物，不論通風或採光都很良好。因此像這麼溫暖的春天，平常的話應該會打開窗簾和窗戶，讓外面的清爽空氣進來屋裡。可是他們爲了隔離杉樹花粉，將春天的芳香也一併排除在外，所有的窗戶都關得死死的。

雙胞胎對於日常生活的各項事務，彼此都能平均分擔。唯有家事這一項，小直比小哲要有概念，或者應該說比較有這方面的才能，所以小直掌握主控權，小哲任憑指揮。我興致一來地來拜訪他們時，兩個人正從箱子裡取出剛買來的棉被烘乾器，忙著把臥室的羽絨被到客廳的抱枕等所有「棉製品」、「羽毛製品」、「可能藏塵蟎的東西」都乾燥了一番。

「眞是可惜，你們這是在浪費能源耶。拿出去曬啊，陽光又不用錢。」

聽我這麼一指責，兩個人搶著用鼻塞的聲音，一邊揉著充血發紅的眼睛對我說明理由。他們說在花粉紛飛的季節結束之前，棉被、衣物等東西絕不能曬在外面。

「花粉會沾上棉被，對吧？」

「而棉被是要拿來睡覺，沒錯吧？」

「那麼一來到了晚上，過敏就會更嚴重，是吧？」

「那就睡不著覺了，」

「簡直就是新式的酷刑。」

「就是說嘛，」

「很難受耶。」

所以從我們在的廚房餐桌往客廳看過去，一個白色塑膠袋就像是被電熱器烤得不斷膨脹的特大麻糬，或者說是來自宇宙侵略地球的某種怪物正在吞食什麼東西。塑膠袋連在棉被烘乾器上，隨著「咻……咻……」的聲音，截至目前爲止我們已經欣賞了五次烘乾抱枕的過程。

「哈啾！」這一次是小哲打噴嚏。

「喂，」我說道：

「你不要那樣子含在嘴裡打噴嚏，要就爽快一點地用力打出來！」

結果雙胞胎一臉無奈地搖頭：

「太用力的話，」

「鼻子裡面會痛。」

「黏膜會出血。」

「醫生有交代」

「絕對不能那樣」

「打噴嚏。」

悽慘至此，雙胞胎當然去看了醫生。車站附近的耳鼻喉科醫院裡的醫生，似乎醫術不錯。診療時間，連醫院外面都排滿了等候的病人，生意好得不得了。

「每天人都很多，」

「聽說耳、鼻、喉不好的人越來越多了。」

據說只要開在空氣不好的都市裡，每家耳鼻喉科醫院都生意興隆，候診室裡天天都上演著西貢淪陷時群眾蜂擁到美國大使館爭取出國的戲碼。像今出新町宛如牧歌般安詳的新興住宅區，情況似乎也好不到哪裡去。

話題終於回到剛開始的部分。城崎雅是個十二歲的小女生，也是杉樹花粉症患者，和雙胞胎看同一位醫生。因爲三人一起坐在診療室的角落使用噴霧器治療鼻子，自然有了交情。

所以那個小女生在「曬神秘事件乾」——

「她是在找神秘事件的答案。」小哲訂正我。

「什麼樣的神秘事件？」我不是很熱心地問道。並非只要是父母，就會對孩子的行動保持百分之百的興趣，更何況我只是個代理父親。

「是這樣的……」小直睜開了兔子般的紅眼睛靠過來。

「有人送報紙」小哲也重新坐好。

「去小雅家喔。」

二

身爲專業小偷的我，已經看多了社會的黑暗面。儘管其中不乏令人大吃一驚的場面，但是我也已不再爲一點小事便大驚小怪。所以我仔細看了他們兩人的臉，然後說道：

「我看你們還是先躺一下比較好吧？」

「咦？」

「爲什麼？」

雙胞胎彼此對看了一下，然後同時「哈啾」一聲打起了噴嚏。我趕緊拿面紙給他們。

「爲什麼」

「要躺下來呢？」

「你們大概吃了藥腦袋糊塗了，所以叫你們躺下來比較好。」

「可是我們一點也」

「不覺得有問題啊。」

我嘆了一口氣。

「我說呀，只要有付費訂好契約，每個人家每天早晚都會有人送報紙去的。」

雙胞胎似乎想說些什麼，我舉起手制止了他們：

「就算小雅家沒有訂報紙，那也可能是哪一家報社想跟她家訂契約，所以先免費贈送吧。這種事常有的，算不上什麼神秘事件。」

結果雙胞胎聽了之後，一笑。

「才不是啦。」

「不是？」

「才不是爸爸，」

「所想的那樣。」

「問題……」

「更複雜。」

「只不過」

「我們的鼻子難過……」

「一次只能說一點……」

「所以你聽不懂……」

「我不是說過好幾次了嗎？你們不要那樣子說話！」

切割對話來賺取行數，這是不入流作家才會用的爛招。眞是丟臉，不好意思。

因爲太麻煩了，我重新整理雙胞胎告訴我的內容：

城崎雅是小學六年級的學生。和父母共三個人住在今出新町北邊新開發的公寓住宅。今年三月才剛搬進來。父親拿的是鐵飯碗——銀行行員，母親是家庭主婦；但之前是音樂老師，所以打算把家裡的一部分改造成兒童鋼琴和電子琴教室。她父親的興趣也是彈鋼琴，是一對很有文化素養的父母。

他們搬來這裡將近一個月，已經習慣了新家的生活，一家人很幸福。身爲轉學生的小雅，學校生活也很順利，沒有被欺負，認識了許多新朋友。

總之就是一句話，每天的日子都過得平安幸福——

結果報紙就這樣地闖入他們的生活。

「是地方的報紙喔。」小直說。

「是《山形新聞》喔。」小哲說明。

是的，大約從十天前起，每隔一天就會有一份《山形新聞》的早報投遞到城崎家的大門口。

今出新町大言不慚地強調自己屬於東京「圈內」的通勤範圍，其實地理位置偏遠得令人臉紅。但是這個住宅區確實位於埼玉縣裡，就地理位置而言，就算將日本地圖倒著看，比起山形，這個小鎮還是離東京近一點。

而且也不是因爲她的父母中有人來自山形，所以特別訂閱了家鄉的報紙。小雅的父母也很納悶這份奇怪的報紙到底是怎麼回事。

「她說她們家在山形沒有親戚，」

「也沒有認識的人。」

「總之」

「就是想不出來是怎麼回事。」

可是小雅的父親在銀行上班。

「她父親以前的上司有沒有調職到山形分行上班的？」

聽我這麼一問，雙胞胎頓時一臉得意地張大鼻孔回我：

「我們也」

「想到了這一點。」

「但是，」

「小雅爸爸服務的銀行——」

「沒有山形分行。」

「就連福島以北的地區，」

「也沒有營業處。」

果然跟山形縣八竿子打不在一塊。

「報紙都是在幾點左右丟到大門口呢？」

「這個嘛……」

「不是很清楚耶。」

「送報的時間不一定。」

「不過上午之前比較多。」

「聽到東西落地的聲音，」

「然後出門一看，」

「報紙已經躺在庭院的草地上了。」

換句話說，不是塞進信箱或插在門縫裡，而是經過時順手一丟的送報方式囉？

「這麼一來，車子就有問題了。」我說：「應該是從車窗將報紙丟出來的吧？」

雙胞點點頭。「可是——」

「小雅的媽媽，」

「一看到報紙，」

「便立刻注意周遭，」

「確認有沒有人或車子經過。」

的確有人和車子，但都是普通的行人和經過的車輛。因爲到現在爲止還沒有發現同樣的車或人經過。

非假日的上午，小雅和爸爸不在家，因此通常都是媽媽發現送來的報紙。只有一次，就是上個禮拜天的早上，是小雅將報紙拿進來的。當時經過她們家門前馬路的是——

「是一輛警車。」

總不可能警察執行公務的同時還送地方報紙吧。

「不知道耶。」

「很怪吧？」

「所以說是神秘事件。」

「小雅的媽媽，」

「一開始覺得很好笑，」

「現在卻覺得不太對勁。」

「小雅也是。」

「可是這種事，」

「總不能去報警吧。」

「她爸爸也覺得很頭痛。」

「小雅很擔心。」

「所以我們，」

「已經答應，」

「幫她想辦法了。」

他們三個人在耳鼻喉科的候診室，彼此出示手臂上的過敏測試結果，一邊發誓互相幫忙。

「是嗎？隨便你們愛怎麼做就怎麼做吧。」

我可不想妨礙雙胞胎為比他們年紀小的女朋友（可能年紀還算不上吧）貢獻智慧，因此決定放手不管。那天晚上我帶他們出去吃飯，問起學校裡的情形，確定他們兩人過得很幸福、離家出走的父母也沒有捎回來任何的聯絡後，我有點安心卻又有點失望，隔天便回東京了。

然而經過幾天後，我悠閒地躺在床上鬼混時，突然接到通知，小雅的爸爸不知道被誰襲擊，傷勢嚴重到瀕臨死亡。

三

雙胞胎的電話是打到與我簽約、名義上的雇主柳瀨老大那裡，然後老大再通知我。因爲老大完全不知道城崎家的《山形新聞》神秘事件，當我聽見噩耗時不禁大叫一聲「糟了！」時，老大馬上反問：「怎麼了？」

「是地方報紙。」

「什麼？」

「我猜那東西一定有什麼意義才對。」

「根本不知道你在說些什麼。」

「你當然不知道囉。」

這一陣子我的本業沒生意上門，時間多得很。因此我立刻搭電車趕往今出新町。

發生在小雅爸爸身上的禍事難道與地方報紙毫無關係嗎？

不，應該不可能沒關係。我在收拾報紙時偶然想到，或許有人利用地方報紙進行無言的恫嚇，結果就眞的動手了……我會這麼想是很自然的。

說不定這個《山形新聞》事件只不過是極其凶殘的眞相的冰山一角而已。所以雙胞胎一邊

「哈啾哈啾」地打噴嚏一邊進行調查，或許是十分危險的行動；也可能就是因爲他們一邊「哈啾哈啾」地打噴嚏一邊聞東聞西，才害小雅的爸爸突遭橫禍。

因爲是平日，春光普照的車廂裡沒什麼乘客。我靠在椅子上，隨著電車搖晃，呆呆地看著對面窗玻璃上反映出來自己皺著眉頭的臉。

「你好！」突然有人對我說話，同時飄過來一股淡淡的香水味。

抬頭一看，居然是灘尾禮子老師站在我面前。她坐在我旁邊的位置，端莊地將雙膝併好。

我大吃一驚。

禮子老師是小哲的國中導師。雖然雙胞胎分別就讀不同的學校，但因爲某些因素，老師知道小直的存在，與我也有數面之緣。只不過她只知道我是雙胞胎的父親。

「您在這個時候回家嗎？」老師大概以爲我正要回去雙胞胎所在的今出新町家吧，不解地歪著頭問我。

也難怪她會納悶。身爲上班族的父親，平常不可能在大白天回家。何況雙胞胎眞正的父親宗野正雄在辭去工作，拋棄孩子與秘書私奔之前，似乎來頭還不小，所以更讓老師覺得奇怪了。

然而我要先聲明一下，他只是拋棄了孩子並沒有拋棄「家庭」。因爲在他離家出走的同時，身爲職業婦女的妻子也和情夫手牽手跑掉了。只剩下孩子在家，就是那一對雙胞胎。

「是不是身體不舒服呢？」禮子老師接著問。她會這麼問也很正常，如果不是提早下班，怎麼能在這個時間回家呢？只是說到身體不舒服——

根據一項統計，宛如工蜂般的上班族覺得「不行了，今天還是先下班吧」，是在發燒到三十八度以上的時候。不到三十八度以上便早退，會被貼上私事比公事還重要的標籤。因此如果我能確定禮子老師也看過那份統計的話，那我一定毫不猶豫地裝病。

但是現實情況是我不清楚她對那種統計是否有興趣？而且此時我的臉色怎麼看也不像生病。因此我回答：

「最近我都是假日趕著加班，已經很久沒回家了，都住在外面公寓。剛好今天下午有空，所以想回家看看孩子們。」

離家出走前的宗野夫婦，因爲受不了住在今出新町得遠距離通勤，而在東京都內另外租房子住。

「原來如此。」禮子老師臉上浮現笑容。

「老師也是，怎麼這個時候會在這裡呢？」

時間是下午剛過兩點，就國中的課表來看，現在應該是上課時間吧？

「今天是創校紀念日，學校放假。你沒聽小哲提起嗎？」老師微笑回答。

「創校紀念日？」

「是呀，已經十週年了。」

「噢……所以妳是去東京囉？」

「是的，我去找朋友。」

原來是約會，我一瞬間這麼想，眞是無趣。禮子老師應該沒有發覺我的想法，不過她打開了黑色大皮包，從裡面拿出一份報紙對我說明：

「我的大學學姊是珠寶設計師。」

「寶石嗎？」

「是的。她從名師的工作室學成後獨立，這是她第一次開個展。我去參觀了，就是這個。」

她將報紙攤開，指出「話題人物」的專欄報導給我看。

「請等一下，我還是摺小一點讓你比較方便閱讀吧。」

不知道你有沒有在通勤電車上看過有人將報紙摺成明信片大小閱讀，那眞是神乎其技。而且不知道你有沒有發現會那樣做的人都是一些中年「歐吉桑」。

詭異的是，女性就是不擅長叼著香菸和站在車廂裡看報紙，或者該說她們不太會將報紙摺小。雖然用力發出沙沙作響的聲音，結果只是把報紙摺爛。禮子老師自然也不例外，我只好出面相助。

「我來摺吧。」

「哎呀……眞是不好意思。」

老師又花一番工夫將摺得皺巴巴的報紙攤開撫平後交給我。我將報紙摺成八分之一，將那篇報導的部分凸顯出來。

「爲什麼我就是摺不好呢？」禮子老師歪著頭提出疑問。

我也不知道。就算女性主義者聽了會生氣，我也只能說這是永遠的謎吧。

「第一次個展與展售會，珠寶設計師伊藤品子」。

標題下面是張照片，一名三十歲左右的女子，長得很漂亮但眼光有些銳利。耳朵戴著嬰兒拳頭般大小的耳環，自然地伸到胸口的右手手指上戴著兩枚戒指。

個展開設的地點是在銀座的畫廊。我對作爲時尚精品的珠寶沒什麼概念，身爲一個專業小偷，我有興趣的是寶石的金錢價値。所以如果報導中所宣稱的「鑲嵌三點五克拉綠寶石的雪茄盒」、「大膽使用三十顆天然珍珠的腳環」等都是事實的話，倒是令我精神爲之一振。

同時我還在意，伊藤品子這個女人怎麼弄到錢在銀座的畫廊開個展？還有設計出這些作品的材料呢？

「她好像有一個不錯的投資人。」禮子老師說。

我嚇了一跳，因爲我不記得我把心中的疑問說出口。

「妳說什麼？」

「啊……沒什麼啦。」她有些吞吞吐吐地表示：

「因爲提起這種事的時候，大家總是會奇怪地問一個年輕女人開個展很辛苦吧？所以我順口就……」

「這倒是，人之常情嘛。」我點頭稱是。

「我剛剛的確也想到應該要花不少錢吧。因爲妳回答得正是時候，讓我嚇了一跳。」

「這樣子呀。」禮子老師又恢復了笑容。

之後直到抵達車站，我們只是閒話家常。這是我頭一次覺得到今出新町的路程一點都不長。不知道爲什麼，我們沒有聊到學校的話題，或許因爲老師今天的身分是一個年輕女性，心裡並沒有想到工作的事。但是最後話題繞了一圈後，還是又回到了伊藤品子的個展，她說道：

「有時候我會突然想，好想和品子學姊一樣從事那種工作。」

「設計師嗎？」

「也不一定……反正就是有創造性的工作。」

「我覺得所有的工作都有創造性。」我說道：

「有什麼工作是非創造性的嗎？尤其老師的工作是教育活生生的小孩，完全就是一種創造嘛，不是嗎？」

禮子老師一時之間臉都紅了。

「我並不是那麼優秀的老師呀。」

可是光看小哲的樣子，我認爲她也不是個沒有能力的老師。

「不過聽你這麼說，我很高興。因爲我只是有時會覺得當老師很無聊，眞是丟臉。或許我被那些寶石照花了眼睛。」

「有那麼亮的寶石嗎？」

「有呀。像是五克拉的鑽石戒指之類的。其實一開始就因爲價位太高，我並沒有仔細地看。雖然很迷人，但是與現實生活差距太大，所以我一點也不想要。我要的東西必須是自己買得起的。」

也許吧。

「妳想要什麼樣的東西呢？」

禮子老師露出了有些戒備的模樣，我趕緊道歉：

「對不起，眞是抱歉。我只是突然之間好奇。」

我還小心翼翼地補充說明：

「因爲我老婆眼裡只有事業，就像個瘋婆子一樣拚命工作，大概看見寶石也不會心動吧，眞是煞風景。」

「是嗎？」禮子老師微笑說道：

「不過我想要的不是裝飾品，而是比較具實用性的寶石吧。」

「有什麼是實用性的寶石嗎？」

「有呀，就像水晶做的涼鎮（hand cooler）。」

我的腦海裡馬上浮現水晶做的汽車冷氣機。畢竟提到手提的冷氣機，我只能想到它。

「那是什麼東西？」

禮子老師噗嗤一笑之後回答：

「就是水晶球。我所喜歡的是有點平坦，造型像藥丸的那種。拿在手上重量正好，又能讓手掌冰涼得很舒服。」

「手掌變冰涼了，有什麼好處嗎？」

禮子老師笑著向我說明，水晶涼鎮是以前（現在在歐洲的某些社會階層還是一樣）第一次踏入社交界的年輕女孩（或許也可說初次登上人生的重要舞台），在與舞伴跳華爾滋時，因為擔心手心出汗很不禮貌，這種東西可以讓她們在跳舞前握在手中，讓掌心變得冰涼。也有用玻璃製的，但是如果是寶石材質的話絕對是高級品。

「做得很漂亮，我覺得也可以拿來當紙鎮用。因此看得眼睛都花了。」

當我想像著禮子老師用水晶紙鎮壓著白色信紙，一邊用鋼筆寫信的模樣時，電車抵達了今出新町。

四

城崎雅坐在雙胞胎家客廳的沙發椅上喝著可可。

「我媽媽說謝謝哥哥們的照顧，要我向伯伯問好。」

好個有教養、長相可愛的小女孩。但是她眼目嘴角的線條顯得過於強悍，將來一到了青春期，可能會和附近的不良少年混在一起，成爲鄰居之間說三道四的對象。到時候小雅這個名字到底是一種勳章還是烙印，可就難說了。

「妳爸爸的情況怎麼樣？」

「死不了的。」小雅回得很乾脆：「我媽媽太誇張了，居然跟附近鄰居哭訴我爸爸快要死了。」

雙胞胎坐在桌邊彼此對看了一眼，我問他們：

「傷勢怎麼樣？」

「手臂骨折，」小哲說。

「頭也破了。」小直說。

「可是意識很清楚。」小雅插嘴：

「警察問話的時候，爸爸說他是喝醉酒從堤防上摔下來。媽媽覺得很丟臉，慌張地喊不可能，因爲錢包不見了，所以一定是被人搶劫了。」

根據雙胞胎的補充說明，城崎先生是昨晚十二點回家走在今出川的河堤上時遭遇這場橫禍。他在半夜兩點左右，被巡邏的警車發現而送往醫院，直到天亮還依然不省人事，傷勢不輕。是遭到攻擊還是自己跌倒？目前還沒有定論。不過就警方的調查和昨晚急救他的醫生和護士所見，那天晚上城崎先生確實喝了不少酒。

「因爲他的呼吸都是酒味。」小雅說完後一口氣喝光了可可。

我不禁又開始思考，這件事與奇怪的《山形新聞》是否有什麼關聯呢？

關於這一點我問了小雅的意見，她居然一副小大人的樣子，在桌子下面盤著兩隻腳回答我：

「我媽媽覺得應該有關係。」

「她會害怕嗎？」

「媽媽什麼都害怕。老是擔心電子琴教室沒有半個學生來怎麼辦？萬一爸爸的公司破產怎麼辦？」

「銀行，」

「是不會倒的。」

雙胞胎插嘴說。小雅一聽馬上回應：

「就是說嘛，媽媽會和爸爸結婚也是因爲在銀行上班，不必擔心未來。可是其實最有保障的還是國家公務員吧？」

「眞的是」

「那樣子嗎？」

「沒錯啦。」小雅點頭：

「因爲一旦利率完全自由化後，也可能會有銀行因爲經營不善而倒閉啊。伯伯，沒錯吧？」

我默不吭聲地看著天花板。

「我爸爸看過太多公司破產，已經習慣了。可是他卻說一旦自己的銀行出現狀況，簡直想都不敢想。」

「小雅的爸爸在銀行融資課嗎？」

「是呀。」

銀行融資課就像是「扶強欺弱」的代名詞。大公司需要多少錢一律沒問題，卻不肯借給真正需要融資的小公司和個人。

「爸爸！」小哲說。

「小雅的爸爸，」小直說。

「是不是被人記恨呢？」

「而且是不是和這次的事件，」

「有關係呢？」

「也許吧。」小雅搶在我前面回答：

「所以兩位哥哥是不是應該送我回家呢？」

「我也一起去吧。」我站起身來，因爲我也想見見小雅的媽媽。

從結論開始說起，小雅的媽媽實在是很普通的媽媽。令人很難想像十年前她才新婚，在那三年前她還是剛進社會的粉領族。

小雅家位於這個公寓社區的最東邊，是那種大門口和窗戶上面都有漂亮遮雨棚的西式建築。但是居住環境卻令人不敢恭維。高度及膝的圍牆外只隔著一條寬度約一公尺的小路，緊接著就是大型卡車來來往往的幹道。當我們穿過大門踏上經常被丟入那份報紙的庭院往玄關走去時，剛好一輛載滿鋼管的十噸卡車呼嘯經過，瞬間庭院所有的盆栽、樹叢等搖晃不已；更別說那噪音有多大了，簡直就像地震山崩一樣。

「眞是誇張！」我小聲地問雙胞胎：

「平常也是這樣嗎？」

雙胞胎同時點點頭。

小雅的媽媽站在門口迎接，我們稍微聊了一下。小雅牽起雙胞胎的手說道：

「今天中午又有報紙丟進來了。」同時帶他們進屋裡看那份報紙。

「我們小雅老是受到宗野先生家的兩位公子照顧，眞是不好意思。」

我趕緊客氣地謙虛了一番，並將話題轉向《山形新聞》。

「是小雅跟你們提起的嗎？」

「是的，我聽我兒子說的。而且這次妳先生又遭遇這種意外……難道妳不擔心嗎？」

小雅媽媽皺起眉頭，點了點頭。一段沉默之後，背後突然又是一陣轟隆巨響，地面也晃動不已。

「老實說，我當然擔心。所以我也問過我先生，知不知道自己爲什麼會遇到這種事？」

「妳先生怎麼回答呢？」

「他說沒有。」小雅媽媽嘆了口氣，輕輕笑了一下：

「看起來好像眞的不知道爲什麼。」

「不過還是感覺很不舒服吧？」

「就是說啊，到底是怎麼回事呢？」

「小雅去看耳鼻喉科時，我會叫兒子往返路上都陪著她。我想應該不會有事，但是現在的社會實在很難說。」

「就是啊。」小雅媽媽點頭向我致謝：

「謝謝你的細心安排。」

這時雙胞胎回來了，小直手上拿著報紙。

「這就是今天送來的報紙。」

我接過來一看，是昨天的早報。頭版刊登宮澤內閣民意支持率的問卷調計結果。關於這份問卷調查，我記得昨天已經在家裡看過我自己訂的早報了。

除了紙張比全國版的要薄一點外，其他都大同小異。這也難怪，每個地方的報紙不都是一個樣子嗎？頭版的左上角有一張色彩鮮豔的日本畫照片，好像是以地方美術館爲特集的連載報導。

「眞是奇怪。」小雅媽媽一隻手撐著臉頰納悶地說道。

「你們家在山形有認識的朋友嗎？」

「沒有，我們眞的一個人都不認識。」

地方報紙的特色就是大幅報導當地發生的事件，而且還會詳實地繼續報導下文。不只是事件而已，連捐款、新開幕、獲獎等瑣碎的話題也都巨細靡遺地刊登，這就是所謂的地方報紙。

那麼《山形新聞》有關於小雅一家的報導嗎？我問小雅媽媽，她搖搖頭回我：

「我曾向調查我先生意外的警察提起這份報紙丟進我家的事，警方立刻問了我同樣的問題，但是我沒有看到。我和我先生從這份報紙送來之後，就很注意上面的報導，看看有沒有關於我們的事情？可是從來都沒發現過。」

這時又有一輛撼動空氣的卡車經過，我不禁縮了一下脖子，小雅媽媽則是一臉毫不在意。卡車。震動。

「城崎太太，每天都有這些大型車輛經過嗎？」

對方點頭：「沒錯。」

「晚上也是嗎？」

「不會，晚上就很安靜了。因爲這裡是住宅區，所以好像有經過管制。」

「早上呢？幾點開始會有大型車輛通行呢？」

「這個嘛……」她想了一下，「大概是六點左右吧。」

這就對了。

我命令雙胞胎好好監視。

「注意看卡車！」我向他們解釋：

「我猜每天丟報紙進來的是早上經過他們家的卡車。既然是隔一天才丟一次，你們應該不必監視太久才對。」

我猜得果然沒錯。

五

隔天傍晚——

雙胞胎坐在我的酋若奇吉普車（Cherokee）後座，將頭探在半開的車窗上監視著車外。我下車靠在前座的車門邊，一邊抽著香菸一邊抬頭眺望「矢野宅配服務」的招牌。招牌立在今出新町和隔壁鎮界線附近的山丘的一隅。

停車場裡一共停了六輛的大卡車。除了一個穿著深藍色工作服、背對著我們在清洗最旁邊車子的員工外，看不到任何人影。辦公室裡亮著燈火，在公司名稱的招牌旁邊還用聚光燈照亮了另外兩張「業務內容」與「徵募員工」的看板。

「這家公司也僱用女司機耶。」小直發出感嘆的聲音。

「除非要處理很重的東西比較困難，否則一般的宅配服務，女人也做得來吧。」我說。現在這個社會，有些人還刻意僞裝成宅配業者侵犯年輕女孩，所以或許女性宅配人員會更受到歡迎。

我沒什麼興趣踏入辦公室。只要是對方人多的地方，我在心理上便覺得自己居於劣勢。因此我只好期待也許有人會出來，從剛剛起便一直在等著。

「可是爸爸」

「你是怎麼看穿的呢？」

「什麼看穿不看穿的，其實也沒那麼誇張啦。」

我所想到的送報疑雲謎底十分簡單。早晨「犯人」的車大概是爲了業務需要，必須經過小雅家旁邊的大馬路。因此這時卡車司機會從車窗瞄準小雅家的大門遮雨棚丟出《山形新聞》，如此而已。

之後就交給時間處理了。隨著經過他們家旁邊馬路上的大型車輛的噪音和車輛所引起的房屋震動，會讓報紙慢慢移動，然後就會掉在院子的草地上了。

「所以，」

「報紙被發現的時間，」

「才會每次都不太一樣囉。」

答對了。嚴密監視的雙胞胎果然從經過的「矢野宅配服務」大貨車的車窗中，目擊到一隻深藍色工作服衣袖伸出來，朝著城崎雅他們家遮雨棚丟出報紙的那一瞬間。

雙胞胎沒有看見疾駛而過的卡車司機的長相，但是記住了車牌號碼。

該車牌號碼的大卡車就停在前面的第三個位置。

「爸爸，」

「我們要等到什麼時候呢？」

我還沒來得及回答，就看見辦公室的門開了，走出一個男人，也是穿著工作服。他看了已經洗完車正在收拾水管的同事一眼後，便穿越停車場往我們這邊走來。

「晚安。」我開口問好。

男人停下了腳步。他的年紀大約四十不到，有著長下巴和一雙圓睜的大眼。身材不是很高大，但是手臂、肩膀和包裹在工作服裡的大腿都顯得肌肉結實突出。

「我要找一個人。」我說明來意：「是貴公司的員工，他沒有經過許可就隨便將地方報紙丟到陌生人家裡。」

穿著工作服的肌肉男雙眼圓睜地盯著我看，然後又盯著躲在我後面只敢伸出頭偷看的雙胞胎的臉。不知道是小直還是小哲，或許是一起也不一定，我聽到了吞口水的聲音。

「有意思。」肌肉男說。這一次連我都想吞口水了。

「跟我來吧，這附近有家安靜又好喝的咖啡廳。」跟著去咖啡廳的只有我一人。

「你知道這件事情嗎？」我直截了當地問。

身穿工作服的肌肉男，自我介紹叫矢野辰男，居然就是矢野宅配服務的老闆。他說他也身兼司機，所以平常並不覺得自己是個老闆。

彼此隔著香噴噴的咖啡，我開始說明所有經過。矢野老闆沉默地聽著，不時會端起咖啡啜飲。

「就我個人而言……」我這麼一說，對方抬起了頭看著我。

「我其實不應該多管閒事。但是我還是很想弄清楚，貴公司的某一位員工，也就是那個將《山形新聞》丟到別人家的人是否與城崎先生受重傷的事件有所關聯？不知道你清楚嗎？」

我緊盯著矢野老闆看，他卻似乎無視於我的存在，悠然地點燃了一根菸。

接著才自言自語般地開口：

「以前在某個地方有家運輸公司。」我靜靜地看著他。

「那是一家很小的運輸公司，算是家庭企業，員工包含內勤職員只有兩、三個人。年近六十的老闆自己也得身兼司機，但還是開大卡車開得很起勁。」他輕輕地吐氣，一如嘆息一般。

「在運輸業界裡，這種小公司其實很難混。但是這個老闆和他的家人、員工們依然努力工作，所以公司業績還算不錯。日子過得普普通通，可是沒有一個人抱怨過什麼。」

說到這裡矢野老闆閉上了嘴巴，我不禁催他說下去：

「但是？」

矢野老闆抬起頭看著我：

「你怎麼一下子就接『但是』呢？」

「不然沒有起承轉合嘛！」

他笑了。那是長時間在戶外工作的人才有的健康爽朗的笑容，笑得眼角堆滿了皺紋。

「說的也是。但是呢，這個老闆從一個人情上無法拒絕的客戶那裡收到了一張期票。這樣說是好聽，其實就是被迫收下這張期票。過去在生意上從來沒用過期票的老闆根本不知道問題的嚴重性，結果便開始一蹶不振。」

被迫收下的那張期票是張惡性的流通票據，沒有背書、單純是爲了資金調度用的危險票據。

「不只是這樣，這個老闆的公司經營本身也很吃緊。因爲這一張被迫收下的期票，資金調度越來越困難。爲了防止跳票，居然用起了過去不曾使用過的手段，自己也開起了本票，最後甚至借用流通票據。後來聽了會計師、財務經理人等專家的忠告，知道這樣子不行，才趕緊調整經營方式……這已經是兩年前的事了。」

他將香菸捺熄在菸灰缸裡。

「但是改善經營方式的結果還是失敗。最後一張期票，只差一個小時就能軋錢進去，卻還是來不及而被退票，公司因此破產。」

全家妻離子散，身爲老闆的父親不久也在失意中過世了。

「身後剩下兩個小孩，守著失去老伴、憔悴寂寞的老母親，你可以想見他們有多怨恨這人世間的無情！還好他們本性都不壞，不久後便又各自找到了工作。」

「兩個人都是卡車司機嗎？」

「沒錯。一個擁有自己的卡車，承包一些跑長途的業務。另外一個在我公司工作。」

這個「另外一個」就是將《山形新聞》丟到城崎家的犯人。

「這樣我就懂了。」我說。

起初我從報紙是隔天送來的事實判斷犯人應該是長途卡車的司機，但是只有這樣並沒有辦法連結到新的事實，所以我請雙胞胎出馬監視。

「可是當我知道是貴公司卡車司機丟的報紙時，我以爲我的推測出錯了。一般宅配的卡車，尤其是像貴公司這種小型業者的卡車是不會定期跑長途的，和跑長途的卡車不一樣。但是如果在山形縣買報紙回來的卡車司機和將報紙丟進城崎家的卡車司機是不同人的話，那就沒有問題了。」

矢野老闆點頭：

「兩人感情很好，半年前他們的母親才剛剛過世。」

「眞是令人遺憾。」

「兩人找到工作，建立了新的生活。」矢野老闆回到正題：

「可是有一天那個在我公司工作的人在送貨途中看見了作夢也難忘的一張臉。」

是銀行融資課課長的臉。

「就是當時……連一個小時都不肯多等的銀行行員。只要一小時，只要多等一小時就能清償全部債務，那個銀行員卻不肯等。」

「就是城崎先生嗎？」

矢野老闆點點頭。

「兩人無法消除對他的怨恨，至少要讓對方知道他們內心的感受，所以便開始投遞《山形新聞》。」

矢野老闆聳了一下結實的肩膀，看著我的眼睛：

「這不過是個無傷大雅的玩笑。亂丟報紙而已，就是這樣。這是那個跑長途的卡車司機，因爲這一陣子連續到山形工作，靈機一動想到的主意。」

「爲什麼是《山形新聞》呢？」

「就是要對方想呀。」矢野老闆笑道：

「難道城崎那傢伙沒發覺嗎？」

我搖搖頭：「如果是他發覺了卻裝做不知情的樣子，那我可眞要讚美他的演技高明了。因爲連他的太太、小孩都沒有起疑心。」

「他本來就是那種沒有神經的人。」矢野老闆輕聲說道：

「他的心是冰冷的……」

「因爲那是工作吧。」

「不能接受客戶的懇求，連一個小時也不肯等，這算什麼工作呢？」

「也許銀行也有銀行內部的規定吧。」

矢野老闆一雙大手轉來轉去把玩著咖啡杯陷入沉思，過了好一陣子才開口：

「我想他們不會再做了。」

「因爲氣已經消了嗎？」

「誰知道，但我會勸他們的。那樣做根本徒勞無功嘛。」

的確，家裡有人丟《山形新聞》進來，固然讓城崎先生很納悶，卻沒有讓他擔心害怕過。我將這個情形告訴了矢野老闆。

「已經沒救了。」矢野老闆說完一把抓起帳單，站了起來。

「有一點我要先說清楚，城崎那傢伙出事跟他們兩人無關。他受傷的那個晚上，他們都在家裡。城崎應該是喝醉跌倒吧。錢包不見，我看是他從堤防上跌下來時，不小心從口袋裡滾出來，掉到哪裡去了吧。」

「我可以相信你說的嗎？」

「我這個人絕不說謊。」

說完矢野老闆便離去了。

城崎先生從受傷到出院，一共花了四十天。

在這之間找到了他遺失的錢包。矢野老闆說得沒錯，據說錢包掉在河邊的草叢裡。果然他是喝醉了酒，一腳踩空便從堤防上跌了下來。喝酒喝到爛醉如泥，可見得工作上的壓力有多大。這對沒什麼正常上班經驗的我來說，實在是很難想像的狀況。

自從我跟矢野老闆見過面後，《山形新聞》的投遞事件便戛然而止，沒有再發生過。

只不過──

「小雅的爸爸，」

「出院時，」

雙胞胎在電話中告訴我後續的發展。

「小雅和媽媽叫車送她爸爸回家後，兩個人便去買東西。之後回來時發現家裡後面地上有兩根菸蒂和一份報紙。問了鄰居，才知道就在她們回來之前後面停了一輛大貨車。」

說不定是矢野宅配服務工作的「犯人」之一來觀察小雅爸爸出院的情況而站在那裡偷看。

「那份報紙，」

「就是《山形新聞》。」

「這一次報紙好像有被讀過。」

「因爲被摺得亂七八糟、很不整齊。」

「可能是在等的時候，」

「凶手讀過了。」

聽了他們的報告，我想了五分鐘。然後站起來走到房間堆放舊報紙的角落，翻開那天第一次到城崎家拜訪時小直拿給我的報紙。

新聞報導每天都在變，連電視節目欄也天天不同。就算是專欄，也不太可能每天都出現某一特定的字眼或數字。

那麼投遞《山形新聞》的「犯人」，究竟要讓城崎先生看見什麼呢？是刊登在《山形新聞》上面的特定數字、特定字眼嗎？是翻開報紙就一定能看到的文字嗎？

究竟是什麼呢？

打電話過去時，矢野老闆不在，據說是出差三天。於是我請對方跟我聯絡，並留下了老大事務所的電話號碼後才掛上電話。

就在第三天我在柳瀨老大的事務所領到了這次的酬勞。這次的生意我只是提供資訊，所以分到的金額不多。

「你要顆水晶球幹麼？」

柳瀨老大雙眼圓睜地看著我。

「很漂亮吧？」

「漂亮是漂亮，可是你又不是女人，一個大男人為著一顆水晶球那麼高興實在不太像話。難不成你要學算命嗎？」

原來這就是水晶涼鎮呀，我心想。一種為了撫平初出社交場合的少女們愉悅興奮心情的寶石。扁平的球狀造型，正好握在手掌心的水晶體，果然很冰涼。

為了將苦悶、不願意多想的心事藏在心底，裝成若無其事地正常生活，每個人是否都應該擁有一顆類似水晶涼鎮的東西來冷靜我們的頭腦呢？

我不禁覺得，城崎先生會醉到跌倒受重傷，是否也反映出他不欲人知的另一面呢？

話又說回來，我該找什麼理由將這個水晶球送給禮子老師呢？恐怕得等這一陣子風頭過後再說吧。

不是嗎？難道我能說出真相嗎？我總不能承認，我是個專業小偷，當時聽到妳的大學學姊是珠寶設計師正在開個展，於是將這個資訊偷偷通知給同業，換來了這個東西作為報酬……

不過伊藤品子個展的保全做得實在太鬆散了。

「奇怪的傢伙，不知道一個人在高興些什麼？」柳瀨老大說。

就在這個時候，電話響起。我趕緊說，應該是矢野老闆打來的。

「我已經知道在你那裡上班的『犯人』是誰了。」

「噢，是誰呢？」他顯得很有興趣。

「名字我不知道，但我知道是女人。她是不是一邊把報紙摺得皺巴巴的，一邊在城崎家監視呢？報紙摺得那麼爛，肯定是女人幹的。」矢野老闆笑了。

「我們公司一直要找女性卡車司機，可惜就是沒人來應徵。」

「你的意思是沒有女性員工嗎？」

「不是，當然有，只有一個。」他回答：

「就是我老婆。」

原來如此，所以他才會露出那種態度。

「另外還有一點……」

「什麼？」

「爲什麼是《山形新聞》的謎底，我也解開了。」

老大在旁邊豎起耳朵聽，電話那頭傳來矢野社長偷笑的聲音。

「我想你太太的父親，也就是過世的運輸公司老闆，只差一個小時就能湊齊的票面金額是九百九十萬。你太太認爲城崎先生應該記得這個數字，或者也有可能想起來。因爲這個期票清償事件，對他而言也是件很重大的工作。畢竟只差一個小時便關係到一家公司的存亡與否，不是嗎？」

短暫的沉默之後，矢野老闆回答：「你說的沒錯。」

「我不是要幫城崎先生講話，而是一個忙碌的銀行融資課課長根本不可能記得那個金額。事實上他也沒有記住過。所以看到９９０的數字，一點感覺也沒有。不，要是他對９９０這個數字有印象反而是一件怪事。對他來說，你太太父親的期票跳票事件，一點都不值得留在心上。」

這種事也是人之常情吧，但就是因爲這樣他才需要藉酒澆愁喝得爛醉如泥。

「不記得，是嗎？那傢伙就是那種人，所以不能爲顧客多等一個小時。」說完後，矢野老闆掛斷了電話。

「到底是怎麼回事？你給我說清楚。」

老大開始逼問我。我指著《山形新聞》頭版的右上角說明：

「就是這裡，你看，不是印著『山形新聞』四個大字嗎？下面則是印著發行單位山形新聞社的地址和電話號碼。」

「是啊，嗯。」

「只有這裡是每天都不變的，只要報社不搬家就不會改變。『犯人』就是要讓對方看到這裡。」

也難怪城崎先生沒有注意到，那個數字實在印得太小了。

山形新聞社住址的郵遞區號是990。

Milky Way

銀河

一

六、七月是白花花的銀子高聲歌唱的月份，沒錯，因爲有夏季獎金的關係。這些年來能夠以「現金方式」領取夏季獎金的除了人民公僕的公務員外，就只剩下我們這一行了。其實說得正確一點，是我們從人們那裡領取夏季獎金。打個比方說，就是「來暗的」（換句話說，就是用偷的。而且大部分都還是在光天化日之下做案的，所以諸位看官務必得小心爲上，多加注意）。

這一陣子做了不少好買賣，口袋飽飽，不禁對周遭的一切事物寬容許多。就連看見牆壁上爬的蟑螂，在丟出拖鞋砸牠之前，也能從容地花兩秒鐘思考「放牠一條生路」，眞是不簡單呀。

有時走在路上也會高興地哼起歌來。但是當我好整以暇地觀望四周，心想是個難得的花樣旺季時，卻看不到一張高興的臉孔；就連銀行的大廳也是一樣淒涼。一個人唱獨角戲般地哼著歌曲卻沒人分享，也是怪寂寞的。

仔細一想，這都應該怪銀行轉帳的不是吧！領到了一筆相當金額的夏季獎金卻只是羅列在存摺上的一串數字，高興固然是高興，卻總缺少一種眞實的感受。哼歌是人體這個複雜機器表現「幸福」、「愉悅」的選購功能之一，可不會默默地自行啓動。一串數字的排列可是購買不了這項功能的。

不過我還是心情愉悅地坐在銀行櫃檯前的沙發椅上耐心等候，假裝自己是排隊辦理定存的顧客（其實我是來……你知道的）。爲了打發時間，順手拿起了旁邊的八卦雜誌翻閱，不禁大吃一驚。

因爲上面刊載了今出新町的名字。

我想諸位看官也都很清楚了，那裡是我那對雙胞胎居住的小鎮，一個安詳、寧靜、偏僻的新興住宅區。除非飛碟墜落在周遭的樹林裡，照理八卦雜誌是不會理會他們的。

究竟發生什麼事了？我心懷不安地閱讀下去，報導的內容卻更叫我驚訝不已。居然從今出新町目前正在興建的社區建地中，發現了一筆埋藏在地下的錢。

「結果呢，」

「根本是空穴來風，」

「有人在惡作劇。」

我等到雙胞胎放學回家後打電話去問，兩兄弟在電話那頭邊笑邊對我說明了大致情況。儘管雜誌上憤憤不平地批評這是一件「惡意的玩笑」；但根據雙胞胎的說法，當地人們卻不怎麼生氣。

「很好玩呀，」

「對地方上也是一種刺激嘛。」

據說那個發現埋錢的地點，從雙胞胎家所在的今出新町山腰之中，經過一條沒有鋪柏油的山路大約十分鐘的路程就到了。聽到傳聞後，雙胞胎還專程跑去看過。

「都已經是十天前的事了，」

「爸爸的消息還眞是慢呀。」

「連電視台的八卦節目，」

「都來採訪過了。」

「看熱鬧的人，」

「也多得不得了！」

「車站擠得」

「到處都是人喔。」

「感覺好像一下子」

「增加了許多人口。」

雙胞胎還是一樣，用他們平均分配的方式說話。

「我是今天看雜誌才知道的。最近太忙，忙得沒時間好好看報紙。」

「是嗎？」

「原來你很忙呀……」

「所以才這一陣子，」

「都沒有」

「來這裡玩。」

說到最後，他們的語氣顯得有些埋怨。這麼說來，我已經快兩個月沒去看他們了，連電話也很少打，難怪會被抱怨。

「不好意思，那我請你們吃大餐賠罪吧。明天方便嗎？」

負責做菜的小直立刻檢查冰箱，看看有哪些生鮮的東西得先吃完。然後他回來報告：

「明天可以外食，」

「沒有問題。」

這兩個孩子的經濟觀念眞是發達。

「那就說好明天囉，我們會好好期待的。」

「拜拜！」雙胞胎語氣明朗地合唱。

我們之間不知已經說過多少次這些話——「明天見」、「拜拜」——彼此從來也沒有黃牛過，因此我壓根也沒有想到會有爽約的可能性；就像睡了一覺，早晨醒來，也不會懷疑自己的腦袋前後顚倒一樣。

不對，我得換個說法才行。不是沒有想到，而是我完全忘記了，只要我處於代理父親的立場，任何時候都有可能見不到雙胞胎。這種事隨時都可能發生。

這一次就是如此。

二

我在隔天的下午兩點左右到達今出新町。然後我朝著雙胞胎的家邁進，辛苦地爬上山坡，直到看見那棟彷彿是蓋在蛋糕上面的巧克力房屋大門半開時，已經是十五分鐘之後的事了。

大門半開著。

因爲只有兩個孩子住在這間屋子裡，所以雙胞胎做事一向謹愼小心。別說出門在外，就算兩人在家時，也一定會鎖上大門，拉好門鏈。所以我這個代理父親來這裡時，每次也都得「叮咚」地按門鈴才行。

我從來沒有看過他們這麼不小心地沒鎖大門。

而且還是半開著。

不管做任何事情，半途而廢都是不好的；即便吵架也是一樣。與其吵到一半有人出來勸阻，還不如一口氣吵到筋疲力盡，至少不會覺得意猶未盡、心有不甘。追求女人，或者被女人追求的時候，也是一樣。可惜不知道是幸或不幸，兩者我都沒有半途而廢的經驗。但是如果是刑警或記者，正在最緊要關頭時呼叫器響了——他們一定很清楚這種災難的箇中滋味吧。

衣服濕掉的時候也是一樣。人的感覺眞是奇妙，既然要濕了，就乾脆淋得溼答答圖個痛快；不然要濕不濕、要乾不乾的，反而令人心煩。穿著沒有曬乾的襯衫，你說那有多不舒服呢？開到一半或是關到一半的大門，對我而言就和從乾衣機裡拿出沒有完全烘乾的褲子穿一樣，非常討厭。

如果在雙胞胎家的前院看見停有警車或救護車，那我絕對會提心吊膽地直接衝進屋裡。但是現在我衣服底下的皮膚還沒有起雞皮疙瘩，畢竟情況還很明朗，我的心也沒有懸在半空中。

雙胞胎發生了什麼事嗎？

我沒有刻意加快腳步，還是慢慢地走上山坡。心想也許馬上就會從半開的大門裡看見小直和小哲各自捧著大紙箱、氣喘吁吁地走出來，同時用腳推開半掩的門說：

「早就說吧，」

「應該買個……」

「門擋才對。」

然後兩個人看見我來，便放下手上的箱子，對著我招手說道：

「我們利用郵購，」

「買的錄影帶收納櫃，」

「寄來了，」

「我們正要組裝。」

「不過得先」

「將紙箱丟到垃圾堆裡。」

「待會兒，」

「要幫我們組裝哦！」最後還不忘拜託我。

我衷心期待會有這樣的場面出現。

但是沒有。走進家門時，半開的大門依然半開著；更糟糕的是，我站在前院時，看見了一份摺好的報紙，大概是今天的早報，它還乖乖躺在打開的玄關地板上。

雙胞胎個性一絲不苟，尤其是喜歡做家事的小直很愛乾淨，不喜歡家裡面亂七八糟。隨便把報紙丟在地板，一點都不像那個孩子，眞的一點都不像他。

我心想著不對勁，皺著眉頭繼續往房門靠近。就在將近一公尺的距離時，看見從門後面伸出一隻手將報紙從地板上撿了起來。

就在那一瞬間，我意識到那隻手臂包裹在純白色的襯衫衣袖裡；漿洗得連衣領都挺直潔白的襯衫，幾乎可以拿來當筆記本用了。

接下來的瞬間，我和那個彎腰撿起報紙的手臂的主人，以三十度的斜角打了個照面。

「啊！」對方喊了一聲，看來眞的嚇到了。這時我們彼此都說不出話來。

手臂的主人，身材不算高大。他的體格看來十分結實，儀表堂堂。灰色的西裝褲閃著青光，褲管燙得筆直。年紀……大約四十過半吧。

「不好意思。」

我好不容易說出話來。心臟在胸中慢慢跳起了舞，不是喜悅的舞步，而是那種深夜路上一個人酒醉時跳的毫無章法的舞步。

然而舞步越跳越快。

「請問這裡是宗野先生的府上嗎？」我問男人。

「嗯，沒錯。」男人回答，一隻手很自然地將報紙夾在腋下。

這時我發現到男人脖子上跟褲子同一色系的領帶已經鬆開來了。就好像回家覺得很累，順手解開領口、鬆開領帶一樣。

「嗯……不好意思，我剛好經過這裡……」

我開始結結巴巴地胡謅，胸口心臟的位置好像有人穿著鐵鞋在跳佛朗明哥舞，鏨鏨鏨地！

「我來找住在這個山坡上的朋友，可是因爲不知道位置，他告訴我就在宗野先生家上面五分鐘的距離……請問這裡是宗野先生的府上嗎？」

連我自己都覺得這謊言眞是支離破碎，但對方卻毫不懷疑：

「沒錯，我就是宗野。」

男人站在大門內側，神情漠然地看著山丘上的方向：

「從這裡上去五分鐘的距離，應該是剛蓋好的社區吧。」

「是嗎？」

我話一出口，頓時覺得身體像是洩了氣一樣，整個人開始縮小。

「嗯……我朋友家有個讀國中的男孩，聽說和宗野先生的小孩是朋友。他還說如果我找不到的話，就請宗野先生的小孩帶路，眞是太隨便了……請問府上有小孩嗎？」

對方聽了之後果然稍微皺眉頭了，皺紋沒有很深，一下子便鬆開了。

「有的，我有兩個男孩。」

我內心深處的佛朗明哥舞跳得更加激烈。

「我記得……應該是雙胞胎吧？」

「嗯，你說的沒錯。」男人回答得很自然：

「小直和小哲，我的兒子。」

然後他回頭看了一下家裡：

「只是很不巧，兩個人現在都不在家，我也是剛從東京回到家裡。」

原來如此，不好意思打擾了。事後我回想，當時好像說了這些話，可是我卻絲毫沒有印象。

唯一留下記憶的是，當我回頭向右走下山坡時，用了驚人的速度離開現場。我的腳步越來越快，打在臉頰上的風勢越來越強。我就這樣子逃開了。

我在逃離誰呢？

當然是宗野正雄。因爲他是雙胞胎眞正的父親，因爲他已經回家了，所以我必須逃開。

我沒有抓著他的胸口痛罵他，也沒有質問他對雙胞胎的不負責任態度，我只是夾起尾巴逃離現場，我一心只想趕緊逃跑。

再見了、再見了、再見。

當我發現自己正在喃喃自語時，人已經坐在開往東京的電車裡，我逐漸遠離了今出新町。

三

還好是白天，大部分的酒館都還沒有開張，不然我一定會因為急性酒精中毒而撒手人寰。

還好柳瀨老大人在事務所裡。他將拔下來的鼻毛塞進電話簿的角落裡，而且還是塞進刊登自己事務所廣告的那一頁，就像在種鼻毛。不論怎麼分析他的動作都毫無意義。當時我沒有注意，聽說老大在看到打開事務所大門的我的臉的瞬間，因為我的表情太過陰暗、太過嚇人，他吃驚地將電話簿闔了起來！

「嚇死了，害我以後都不敢用那本電話簿了！」

「既然如此，你一開始就不應該種鼻毛。」

「如果電話簿是翻開的，就沒什麼關係，反正最後只要用力一吹就好了。但是絕對不可以先闔起來。」

「不管你怎麼說，反正我聽不懂。」

我們爭吵這件事的時間，已經是入夜以後了。換句話說，一整個下午我就像個殭屍一樣沒有知覺。

我想不起來那一段空白時間裡自己做了些什麼？問了老大，他給了我一個很抽象的回答：

「就像是個空的垃圾桶一樣，而且是倒在地上的垃圾桶。」

等我精神狀況恢復正常後，才對老大細說從頭。老大反坐在椅子上，始終一臉悠哉地聽我訴說。直到聽到我知道那個出現在雙胎家的男人是宗野正雄，所以我趕緊退縮逃跑時，他不禁笑了出來。

「你這傢伙也眞奇怪！」

「爲什麼？」

「你何必逃跑呢？怎麼說也該是對方逃走才對呀，誰叫他拋棄小孩和情婦相好去了。」

「可是他回家了啊。」

「就算回家了，也不見得完全被原諒了吧？你難道沒聽說過菊池寬（註）的《父親歸來》嗎？」

我當然聽說過。我也知道《父親歸來》寫的是一個放蕩無羈的父親離家後歸來的故事。但最後他還是被家人原諒了，所以我才保持沉默呀。

老大似乎也想起來故事結局，嘴裡開始含混地念念有詞聽不清楚。最後則是不打自招地補充了一句：「畢竟現實人生沒有那麼好過的。」

事務所裡陷入一股難得一見的嚴肅沉默。就連牆上的壁紙、日光燈、電話、垃圾桶和其他看得很熟悉的辦公用品肯定也會覺得很不是味道吧？我敢打賭，就算將來老大的喪禮在這裡舉行，恐怕也不會有這令人難熬的沉默。

「嗯……我說……」

老大發出沙啞的聲音，我立刻制止他：

「你不要學田中角榮說話，一點都不像。」

註：菊池寬（1888-1948），日本作家。創辦雜誌《文藝春秋》，日本重要文學獎項芥川獎與直木獎的創辦人。作品有戲曲《父親歸來》、小說《眞珠夫人》等。

老大閉上嘴巴。順帶一提，他和田中角榮同樣年紀。

「最近今出新町不是成了大話題嗎？」

大概是爲了轉移話題吧，老大故意放大音量說話。

「我聽說了，是埋在地下的錢吧。我聽雙胞胎說的。」

「噢，是嗎？」老大抓了一下花白頭髮：

「好像是件相當花工夫的惡作劇。」

「我也聽說了。」

「是嗎？」老大抓了一下下巴：

「那你也知道是誰幹的惡作劇囉？」

「不知道，應該是電視台搞的鬼吧。」

「那你就錯了。」

老大探出身子說話。

我也費了一番工夫，表現出一副興趣盎然的表情。反正只要能改變話題什麼都好。

「被發現的是銀幣，聽說有三百多個。因爲是日本史上很具有意義的銀幣，所以成了很大了話題。可是鑑定過後，卻發現全部都是贗品。」

「我在雜誌上看過了。」

「你聽我說下去嘛。可是聽說那些贗品本身都很有價值，光是要收集那麼多就已經很辛苦了。你想會有誰能夠花那麼多的錢和時間搞出這一場惡作劇呢？」

「應該是很閒的人吧。」

老大聽了毫不退縮，硬要接著說下去：

「最近我見到了『畫聖』。」

我稍微抬起了一下臉，老大看著我：

「就是那個畫聖，專門順手牽羊的名人呀，你知道吧？」

「我知道。」

就是那個人生以順手牽羊和臨摹紙幣爲意義的男人。儘管世界很大，那麼充滿熱忱地手繪紙幣的製作僞鈔專家，只此一家別無分號。他是個完全沉浸在臨摹手繪世界的糟老頭。

「剛好因爲工作的關係，也不是什麼大不了的事啦，反正我就是和畫聖見了一面。我們在閒聊時，畫聖那傢伙提起他知道有個人從一年前便開始收購那個僞造銀幣的事。」

因爲工作性質，畫聖和收購藝術品及古董的業者有交情，所以才會有這方面的資訊。

「所以呢？」老大壓低聲音：

「聽說那個人有點不太對勁，既不是小偷也不是製作贗品的同業。畫聖懷疑那個地下埋錢的惡作劇裡恐怕有什麼見不得人的把戲，我也同意他的看法。」

話說到這裡，看到我又保持沉默，這下連老大也不知道該說些什麼才好，跟著我一起陷入了沉默。但是他馬上又出聲鼓勵我：

「所以說呢，爲了避免今出新町的雙胞胎一不小心跟那個埋在地下的銀幣事件扯上關係，你得多加留意才行。畢竟這件事只有你才能幫上忙呀。」

我無精打采地回答：

「這你就甭操心了。小哲和小直現在滿腦子想的都是剛回家的爸爸，哪有空管其他閒事呢？」

老大沉默地拔了好一陣子自己的鬍鬚後，才又輕聲問我：

「你真的無所謂嗎？」

「沒什麼有所謂或無所謂呀。我還覺得輕鬆呢，從此卸下大任。」

老大發出長長的嘆息聲。

「那你還是回家好好睡一覺吧。」

「謝謝你的忠告。」

我語帶諷刺地回嘴。或許是刺激到了老大，他大聲說道：

「你給我乖乖待在家裡。我想雙胞胎一定會因爲父親的突然回家而不知所措，今晚應該會跟你聯絡。如果你行蹤不明的話，那他們就傷腦筋了，知道嗎？」

我並沒有告訴雙胞胎我住處的聯絡方法，過去都是透過柳瀨老大居中聯繫，老大指的就是這件事情。

「他們才不會打電話來。」我說。

老大閉上了眼睛，他完全按捺不住了。

「爲什麼？」

「到現在爲止，他們也都沒打來過，不是嗎？」

事務所的電話一聲不吭。

「今天晚上，小直和小哲肯定滿腦子想的都是剛回家的爸爸。這還用說嗎？他們一定忘記我的存在了。」

於是老大也說他要回家睡覺了，丟下我一個人在事務所裡。聽著老大用力關上大門的聲音在我背後響起的同時，我好像聽見生氣的他還在破口大罵，只是我已經不記得他罵了些什麼。

「你就像個小鬼一樣，一直使性子彆扭下去吧！」老大可能是這麼罵我吧。

「我們要打烊了。」我被不知道地點的酒館趕了出來。或許是花了店家很多時間，結果被對方潑了一頭冷水，我這才總算清醒過來。我看了一下手錶，已經是半夜一點鐘了。

我一個人徘徊在夜路上，心想自己算是學了一課。這就是教訓，孩子造成的空洞，是無法用酒或女人來填補的。你問我空洞在哪裡？當然是在心上。

依依不捨。

我曾經以爲這個字眼跟我毫無關係；更別說是孩子造成的，因爲那兩個孩子讓我有這種情緒，眞是作夢也想不到。

照預定的話，這時我應該有卸下肩頭重擔的感覺才對呀，不是嗎？因爲我不用再扮演代理父親的角色了。既不需要被叫去參加教學觀摩，也不用在半夜裡跑到醫院探病。賺來的錢也不用分給他們了。

但是相對地，我再也吃不到小直做的蛋包飯、看不到小哲拍的攝影作品了。再也不能三個人圍坐在地板上，用坐墊翻過來當桌子玩撲克牌了。雙胞胎連撲克牌的花樣也不會分辨，更不懂玩撲克牌的規矩，都是我教他們的。都是我教會他們的呀！

「這下我可輕鬆了！」

我試著大聲說出口，卻落得自己的謊言在自己耳畔空響的窘境而已。

我也不知道自己身在何處，新宿？澀谷？還是銀座呢？街頭上到處都是拉上鐵門的店家，彷佛大家都背棄了我。大家都好冷淡。好吧！各位大哥，晚安。

我搖搖晃晃地經過一個街角時，突然看見綠色的公共電話立在那裡。

我呆立當場好一會兒後，開始對著電話抱怨，例如，你爲什麼會站在那裡呢？

因爲你站在那裡，所以我才會開始想有的沒的。我是不是該打個電話到柳瀨老大家裡呢？也許老大接到了雙胞胎的電話，正著急地想跟我聯絡上也說不定……

還是我應該打電話到自己屋裡？既然老大拚命想聯絡我，他可能會在電話裡面留言給我吧？我是不是應該先確認一下？

這樣做最好。就算打了電話確認，萬一老大沒有來電，或是留言「直到目前爲止雙胞胎還是沒有來電，你再等一陣子吧」，我也比較不會受傷。

不，受傷是一定會受傷的，只是比較不悲慘吧。因爲只要不是直接交談，就可以不必讓老大知道我心靈受創的事實。

因爲控制不住抖動的手指，我一連打錯了兩次自己屋裡的電話號碼。按第三次時，我還以爲自己又打錯了，或許我其實也不太想打這個電話。

但是這一次卻接通了，鈴聲響了兩次便轉成電子合成的聲音，冷冷地回應著：「現在有事外出，請用電話留言！」我按下密碼，進行接聽留言的程序。

「您沒有任何留言。」我腦中一片空白。

「噢，是嗎？」我自言自語。馬路對面一對走走抱抱的情侶喧鬧的笑聲遮蔽了我的說話聲。

眷戀。就像梅雨季節的潮濕夜空一樣，一種濕答答、黏糊糊、不清不楚的感情如同凝固的胃乳梗在胃袋裡一樣，如果我當場跳動的話，胃裡的硬塊或許會發出「眷戀、眷戀、眷戀」的聲響。

我還來不及多想，已經又拿起話筒，插入電話卡。這一次按的電話號碼不會錯了。我打到雙胞胎家裡。如今這個電話號碼就和家裡的一樣，我已經牢牢記住了。

鈴聲響了一聲、兩聲、三聲。

有人接聽了。

「你好，這裡是宗野家。」是小直的聲音。

「我們現在不在家。」是小哲的聲音。

「對不起！」

「如有要事，」

「請在嗶聲後，」

「留下您的訊息，」

「謝謝！」最後是兩人一起說的。

嗶……

聽到嗶聲，我一時之間卻說不出話來。我覺得全身的毛孔好像都被塞住了一樣，抓著話筒的手心直冒汗。

大概是睡了吧，所以才用電話錄音。還是因爲跟親生爸爸長談，不想受到打擾才轉成電話錄音呢？

當初勸你們買電話錄音器的人是我呀。你們只有兩個人生活在一起，有時也有可能同時出門，所以還是裝一個比較好。結果你們回答：

「說的也是。」

「如果裝上了，」

「就算爸打電話來，」

「我們也不會漏接了。」

你們那時是這麼說的吧，你們還告訴了我在外面確認留言的密碼。

「如果密碼太多，」

「反而容易忘記。」

於是你們還特別將密碼設定和我家的電話錄音同樣的號碼。你們買的機種也和我家裡用的是一樣的。

「……那我下次再打好了。」連我自己都聽不出來這是自己的聲音，有些沙啞，而且很小聲。只說了這麼一句，我逃跑般地掛上了話筒，突然間又懊悔不已。

眞不該打這通電話，也不該留言的。明天早上雙胞胎一聽，肯定會知道是我打來的吧？他們應該聽得出來是我的聲音吧？他們會怎麼想呢？

不，也許不會有問題的。也許剛剛的電話沒有錄音成功，因為我停頓了好長一段時間沒有說話……

我覺得坐立難安，乾脆再打一次電話。又是同樣的電話留言，我聽到一半便繼續進行確認來電留言的手續。

「您有三件留言。」

三件？

我打的是哪一通？第三通嗎？那前面兩件留言是什麼？難道雙胞胎因爲父親回來而心情激動，忘了聽電話留言，始終保持著錄音狀態嗎？

人一旦被逼急了，什麼卑鄙的事做不出來。照理說我沒有權利聽他們家的電話留言，但我的手就像機器人一樣，已經自動按下接聽留言的按鍵了。

嗶——第一通留言。

「喂！」一個粗野的男人聲音：「是宗野家嗎？你的兒子在我手上，是那個叫小直的傢伙。如果想要他平安回家的話，就得聽從我的要求。我還會再打來。」

嗶——第二通留言。

「宗野先生嗎？」這次是女人的聲音，有點高亢尖銳。「打了好幾次，你都不在家嘛。你給我聽清楚，你小孩在我手上，就是雙胞胎裡的其中一個，叫小哲的。應該是你的小孩，沒錯吧！你應該懂我的意思吧？把錢給我準備好，知道嗎？」

嗶——第三通留言。

「……那我下次再打好了。」

這是我的聲音。

不知不覺間，話筒從我的手上滑落。狠狠地打在我的膝蓋上，我卻一點都不感到痛。

「所有留言已接聽完畢。」

電子合成的聲音遠遠地報告著。

這是怎麼回事？就算一早醒來，發現鬧鐘在枕邊大跳土風舞，我也不會這麼驚訝吧！這是怎麼回事？

兩個人都被綁架了！

四

「究竟發生了什麼事？」

坐旁邊的柳瀨老大大呼小叫，我沒有回答他，只是一心一意地開著車。

「眞的嗎？不會是惡作劇吧？」

看來柳瀨老大一時之間無法接受小直和小哲兩人同時被不同歹徒所綁架的事實。也可能是睡覺被挖了起來，整個人還不清醒吧。

「錯不了的，兩個人都被綁架了。」

「可是會將贖金的要求留在電話錄音裡……」老大一臉驚訝，我接著說下去：「這些犯人還眞是老實，不是嗎？」

「可是這麼的話，你看到的雙胞胎親生爸爸呢？他不是在家嗎？他在幹什麼？爲什麼要電話錄音，而不接電話呢？」

「老大，我想你弄錯前提了。」

「什麼意思？」

如果是親生父親，離家出走好久才回家一趟，看不到自己孩子的蹤影卻讓電話保持錄音狀態，自己在半夜一點前還在外面鬼混，這像話嗎？

「那傢伙根本就不是雙胞胎的親生父親！」柳瀨老大坐在旁邊睜大眼睛盯著我看：

「你說什麼？」

「我說那傢伙不是他們的親生父親，大概是綁架集團裡的一分子吧。或許是在綁架小直或小哲後，跑到家裡物色有沒有什麼好東西的。結果遇到我上門來，就假裝是他們父親。」

照理說，那應該是齣很爛的鬧劇。因爲要是來訪的人和宗野家熟識，立刻就會穿幫了。偏偏來訪的人是我，一開始就認定離家出走的親生父親回來了。一想到這裡，我就更是生氣。

「所以說他們家裡現在都沒人囉？」

「我想是。」

「可是這群犯人還眞是悠哉呀。」老大一臉驚訝地說道：

「綁架了人家孩子，結果家長不在，根本就是白搭！至少大白天跑到人家去就該應該知道孩子的家長不在家啊！」

不論是對犯人或是雙胞胎來說，這一點都很不幸。

「小直和小哲在我這個代理父親不在家的時候，都會努力演好父母忙著上班的一家四口和樂生活的戲。看在外人眼裡，誰也不會注意到他們兩個是被拋棄的兒童，就連犯人們也一樣吧！不過只要稍微觀察一陣子雙胞胎的生活，就會發現忙於工作的父母經常連星期天也不在家，所以就引發了犯人的邪念吧。」

正因爲如此，白天遇到我時，對方才會毫無懼色地從容說出「我是那兩個孩子的父親」的台詞。

「而且一旦被綁架了，儘管小哲和小直拚命大喊『我們父母都已經離家出走，所以沒有人會拿出贖金的』，恐怕犯人也只會認爲是他們在鬼扯不予理會吧。」

「說的也是，因爲實在太出人意外了。」老大剛說完，露出恍然大悟的神情說：

「喂，我說啊」

「什麼事？」

「我剛剛才想到，你好像不知道雙胞胎的父母的長相？難道沒看過照片嗎？」

我抓著方向盤，沉默地點點頭。

「你也眞奇怪，居然一點興趣都沒有嗎？」

我沒有回答。

「是因爲怕看了照片會胡思亂想，所以才故意不看嗎？」老大又問，我依然保持沉默。

「還是說……雙胞胎根本就沒打算讓你看呢？」

就是這樣，我也不知道爲什麼，我根本沒問過他們。因爲不問的話，我就可以隨自己高興解釋。

逐漸可以看見斜坡上燈光熄滅的雙胞胎家了，這一次大門倒是關得好好的。

我們走進屋裡，首先將電話錄音的設定解除，將所有留言重聽一遍。後面又增加了兩通留言，不用說當然是分別來自兩邊犯人的聯絡。因爲發現又是電話錄音，他們顯得氣急敗壞。

之後我和老大等了一個小時才又接到電話，是和電話錄音中的女人同樣的聲音。

「你總算在家了。」對方一副得救了的語氣。會做出綁架這種卑鄙犯罪的人都是群笨蛋。成天異想天開，犯下毫無計畫性的罪行，一旦發生突發狀況，立刻就驚慌失措，亂了陣腳。

女人情緒激動地說出了所要的贖金，不多不少就是五千萬，當然都得是舊的萬元大鈔。交錢的地點指定在那個因爲地下銀幣而聲名大噪的新興住宅區附近的防風林裡。目標是一間燒炭的破舊小屋，對方要我開車過去。

「你開的是什麼車?」

「酋若奇吉普車。」

「要什麼帥呀?你都已經是那麼大的孩子的父親了。」

要妳多管閒事!

「時間是一個小時之後。如果你遲到一分鐘,這場交易便吹了。」

這麼一來的話,根本沒什麼時間嘛。

「不能延長到兩個小時之後嗎?」

「不行!」

女人故意用冷酷的聲音乾脆地回答。我聽了不禁笑罵:

「妳是不是腦袋有問題?」

女人高聲叫罵:

「你說什麼?」

「妳倒是想想看有哪個世界,像我這樣平凡的上班族能在一個小時裡湊齊現金五千萬呢?妳未免太小看這個世界了吧。就算妳抓住孩子當人質,我辦不到的事還是辦不到。我想妳也是鋌而走險搞這一票吧?想要拿到錢就得多花點腦筋,不是嗎?大姊。」

女人將話筒拿開嘴邊,似乎在和同夥商量對策。我能聽見細微的交談聲。就我豎起耳朵聽到的內容來判斷,現場除了她之外,應該另外只有一個男人。

「我知道了,那就兩個小時後。」

於是約好凌晨六點鐘見面。到時已經是天亮了,而且對方還完全接受我的要求,看來他們還眞的是群笨蛋。居然沒有想到將交付贖金的時間延到隔天晚上，趁著黑暗比較好辦事。

趕在女人掛斷電話之前，我大聲叫道：

「讓小孩子講電話，沒聽到聲音，我是不會和你們交易的！」

女人聽了又是一陣哇哇大叫，之後話筒裡傳來腳步聲後，才是孩子輕微的說話聲。

「喂……」

「是小哲嗎？你是小哲吧？」

「爸爸？」

小孩的音調一下子拔尖，柳瀨老大一把搶過去我手上的話筒。

「喂，是小哲嗎？你還好吧？沒有受傷吧？」

「柳瀨爺爺嗎？」小哲大聲說：

「爺爺，我本來也想要打電話給爺爺，因爲我想到小直在家裡，可是小直卻沒有接電話，他人在哪裡？」

我趕緊制止話越說越快的小哲，一邊讓柳瀨老大抓著話筒，一邊慢慢地告訴他：

「沒事的，小直人在這裡。只不過他聽到你被綁架，受到了刺激身體有些不舒服。」

「小直人不舒服嗎？」小哲因爲感到混亂而開始高聲尖叫：

「小直還好吧？我人沒事，可是小直卻……我是小哲吧，爸爸？」

我受到的驚嚇比我想像得要來得嚴重，連我現在聽到的聲音是不是小哲，我都無法斷定。平常的話，我一定聽得出來。

「你覺得自己是誰呢？」

「我自己也搞不清楚了……」

「沒關係啦，你沒有受傷吧？」柳瀨老大插嘴問：

「晚飯吃過了嗎？」

「沒有。」

突然間老大發出嚇人的聲音：

「你告訴旁邊的那位小姐，如果不馬上給你吃熱騰騰的晚飯，小心爺爺我要她今後一輩子都得用屁股吃飯！」

小哲（我猜）吃驚地反問：「爺爺你要怎麼做呢？」

我搶過話筒：「總之你再忍耐一下子，加油！」

掛斷電話不到十分鐘，另一個歹徒也打來了電話。就是那個聲音粗魯的男人。一如雙胞胎的人質長得一模一樣，我們之間也是重複了同樣的交談內容，連贖金也很偶然地是同樣金額。只不過交付贖金的地點不同。對方約在放有六台自動販賣機的無人店鋪裡。我問清楚地點查閱過地圖後，發現離防風林裡的燒炭小屋向北不過五百公尺遠。因爲周圍都是建築工地，沒什麼人會來。因爲有條國道越過山丘而來，無人店鋪是開給卡車司機用的吧。

「我知道了，時間呢……嗯……我準備現金也需要時間，那就兩個半小時後吧？我們約六點半。」

男人答應了，看來他似乎不需要和其他人商量。我想他應該自己一個人做案，沒有共犯。換句話說，我在這屋子裡看見穿鐵灰色長褲的男人就是綁架小哲（我猜）的歹徒了。這一點我得記在腦海裡。

一如剛才一樣，我也大聲地要求對方讓我和小孩子通電話，但是歹徒卻不肯答應。直到柳瀨老大在電話裡發出如電影《黑雨》（註一）中若山富三郎（註二）的聲音後，對方才讓步。

「爸爸？還有柳瀨爺爺也在嗎？」一聽見孩子的聲音，老大便搶先我大聲吼叫起來：

「小直嗎？你沒受傷吧？你不要害怕，爺爺馬上就來救你了。」我好不容易才從老大手上搶下話筒。

「喂！小直嗎？」

「爸爸！」

「你再忍耐一下子就好了。」

「你是爸爸吧？你真的是爸爸吧？」

「沒錯，你不必擔心，再忍耐一下子就好了。」

「小哲呢？他沒事吧？」

「嗯，他沒事，只是現在有點事無法接聽電話。」

「我……覺得好累，已經有點搞不清楚了。我是小直吧？」

這兩個雙胞胎一旦混亂就會陷入這種狀態，分不清楚自己是誰了。

「總之，我只是假設，只要你們平安沒事回到家，爸爸會幫你們鑑定的。你吃過晚飯了嗎？」

「沒有。」

「你跟旁邊的傢伙說，如果不馬上給你熱騰騰的晚飯吃的話，你爸爸就會叫他一輩子都得用屁股吃飯！」

「爸爸你要怎麼做呢？」

安慰過小直（我猜），我一掛上電話，柳瀨老大便開口說了一句：

「根本是抄襲嘛！」

無視於他的責備，我收緊小腹用力說：

「老大，幫我聯絡畫聖，我需要他的人和他的作品！」

五

還好畫聖人在東京。因爲這個四處爲家的贗作畫家，就像沒有方向感的候鳥一樣一年到頭都在日本各地流浪。

在電話中說明原委後，他二話不說便答應幫忙。

「那對和你感情很好的雙胞胎就是之前我在暮志木遇到的孩子們嗎？」

「沒錯。」

「聽到你這麼說，我怎麼能不管呢？給我一個半小時，我就能到你那裡。我手邊有適合這次行動的作品，是我的最高傑作。」

「謝謝你。」

畫聖果然在一個半小時後到達，一分也不差。他開著旁邊寫有「野貓」字樣的箱型車過來。如果這是隻眞的貓的話，肯定是隻尾巴裂成九瓣的千年老貓，因爲車身實在有夠破舊。不論是前

註一：《黑雨》（*Black Rain*）一九八九年美日合作的動作電影，由麥克・道格拉斯、高倉健與松田優作主演。

註二：若山富三郎（1929-1992）日本知名時代劇演員，代表作有《帶子狼》。

後座都堆滿了行李箱和紙箱。

「這輛車可說是我順手牽羊最成功的戰利品了。」

一下車，像個藝術家的畫聖甩了一下長髮，語氣瀟灑地說道。

「偷車可不能說是順手牽羊吧。」

柳瀨老大站在我後面自言自語道：

「不然那些偷車賊難道都是偷正在跑的汽車嗎？」

「你不要計較那麼多了。」

我趕緊上前迎接畫聖：

「你來了，太好了。我想借用你的作品作爲贖金使用。」

「你需要五千萬吧。」

畫聖說完從前座拖出一個一個大人懷抱大的皮箱。

「你看這個怎麼樣？」

打開皮箱，裡面塞滿了萬元大鈔。

「眞是太棒了！」我不是說客氣話，而是眞的很感動。

「要手繪這麼多的鈔票，一定很花工夫吧？」

「沒有啦。不，其實呢……」

畫聖高興地笑了，同時伸出手敲打整疊的鈔票，發出「咚咚」的聲響。

「這是塑膠製的方塊。」

「不是整疊紙鈔嗎？」

「不是，我只是在塑膠塊上描繪整疊紙鈔的樣子。怎麼樣？不錯吧？」

「你的技術眞是沒話說。」

柳瀨老大發出感嘆的叫聲，湊上前來觀看。

「即便我這麼靠近看，也看不出來是用畫的！」

這時老大發出滑稽的聲音，他正抓起一疊鈔票。說的正確一點，他只是抓起了一疊鈔票的上半部，整疊紙鈔就像那個皮箱一樣突然間蓋子被打開，然後從裡面跳出一顆人頭大喊一聲：

「哈！」

當場我的心臟停了四拍，柳瀨老大的心臟大概停了有十拍吧，他整張臉都嚇白了。

「不好意思，這是我做的嚇人機關。」

抓著那顆頭，畫聖大聲地說明。好不容易回過神的我，趕緊抓著老大用力搖晃：

「老大，你呼吸呀！你用力呼吸呀！」

「嚇到你們了，眞是不好意思！」畫聖連忙道歉。

「你的技術成了凶器呀！」

好不容易恢復呼吸的老大，一邊大聲喘息一邊發出電影《黑雨》中松田優作般的笑聲：

「這東西一點都不好玩嘛！」

實際上很好玩的。到了指定交付贖金的場所，猛然跳出來的人頭對那群笨蛋綁架集團發揮了我們意想不到的效果。

第一個綁架集團（結果是兩男一女的三人組），一旦先抓住了嚇得腿軟的女人後，其他就好辦了。柳瀨老大本來想嚴刑逼問女人說出監禁小哲（我猜）的地點，被我制止了。

「與其問女人，我倒是想問問這傢伙！」我指的是那個假裝宗野正雄騙我的男人。原來這傢伙也是屬於這一夥的。

一旦發掘出自己潛在的虐待本性後，就算是在朝霞染紅露珠的清晨時刻，我的心胸也不會變得比較寬大。等到我好好地收拾這群歹徒後，總算問出了小哲被藏匿的地點。

不過我得先聲明一下，為了救出小哲（我確定，因為我逗他笑之後，他的左臉頰出現了酒窩）我的所作所為比起柳瀨老大，還算可愛的。

小哲說他昨天一早在山丘上運動兼散步時，就被這群人押進車子裡綁架了。而且儘管我們在電話中再三恐嚇，歹徒們從那時候到現在還是沒有讓小哲吃飯。

一聽到這裡，柳瀨老大邊便抓起了三人之中主謀的頭頭，高高興興地把他拖往燒炭小屋去。

「爺爺要怎麼做呢？」

小哲覺得很不可思議，但我沒有告訴他詳情。

「啊！這不是我們在暮志木市見過的那位伯伯嗎？」

小哲抬頭看見了畫聖。

「好久不見！」

畫聖回答：「你還喜歡我的藝術作品嗎？」

接著我捂住小哲的雙耳，不讓他聽見響徹周邊的慘叫聲。

救出小直（我確定，用消去法就可以了）的時候，畫聖又使用了新招。

「是在無人店鋪吧？裡面有自動販賣機，不是嗎？我來讓你們見識一下我的活動雕塑！」

因此我們在歹徒（這邊只有一個男人）到達之前先進入無人店鋪。在畫聖的指揮下，六台自動販賣機都被動了手腳。但是在正式操作之前，畫聖連對我們也不肯透露玄機何在。

綁票小直的歹徒不僅長得腦滿腸肥，我甚至懷疑他的腦袋裡是否也都塞滿了脂肪，看起來就像隻大笨熊。不過他害怕的樣子卻很眞實。

你問我他爲什麼害怕嗎？因爲突然間無人店鋪裡的自動販賣機都開始閃閃發光，從取出商品的凹槽中，他看見一疊又一疊的萬元大鈔冒了出來。

「怎麼樣？很精采吧？」

畫聖一副大師的模樣微笑著。我和柳瀨老大不禁崇拜地望著他，並一把抓住了歹徒。之後的事情就容易收拾了。

根據小直的說明，昨天早上他爲了去找出門散步就沒有回家的小哲，在樹林之中突然被歹徒攻擊而失去意識，等到回過神來人已經被關在卡車裡。所以綁架小哲的集團中的一名男子跑到空無一人的家裡調查，正好被我遇上了。

「晚飯吃了嗎？」

老大抓著他的手關心地問。

「他讓我吃了餅乾。」小直回答：

「可是當我說要去上廁所時，卻不肯讓我去。害我以爲膀胱幾乎快炸開死掉了！」

「是嗎？」

柳老大高興地摩拳擦掌，往歹徒的位置走去。這一次我和畫聖不等歹徒發出悲慘的叫聲，就已經先將小直帶離現場。

畢竟在教育上，那是不太好的示範。我想各位看官應該也不太想知道詳情吧，不是嗎？

六

既是獨一無二的藝術家又是犯罪者的畫聖，在綁架騷動過後不久，便通知我們他又要開始浪跡天涯了。

「不過在我走之前，有些秘密要告訴你。」他說：「能不能找個地方見面？最好是人多的地方。這個星期天你帶著兩個兒子到東京巨蛋來吧，怎麼樣？」

我明明向畫聖說明雙胞胎和我是「很熟的朋友」，他卻根據自己一流的理論做出不同的結論，硬說雙胞胎是「我的兒子」。

「好呀，我會帶他們去的。順便也約柳瀨老大一起去吧。」

於是我們在東京巨蛋一起觀賞日本火腿對西武的棒球賽。我們坐在三壘附近的內野席，距離西武啦啦隊最近的吵鬧位置，聽著畫聖帶來的小道消息。

「關於那件埋在地下的銀幣事件，果然是有內幕。」

畫聖當場說出了那個男人的名字。男人並非是和我們做同樣營生的同業，而是一般正常社會赫赫有名的人物。

爲什麼說他赫赫有名呢？因爲他自稱是「冒險家」，爲了挖掘寶藏而四處奔命。足跡不只在國內，還遠至海外。不過那都是過去式了，現在人在何處做些什麼，根本都沒有傳聞了。

「他還在努力嗎？」

幾年前吧，我所聽到的最後消息是：他說服金主去挖掘一艘沉船的金塊，結果毫無收穫，落得自己只好半夜逃跑，行蹤從此不明。

秋山的球棒擦過球的邊緣擊出界外球，引得全場觀眾噓聲大作。畫聖等到噓聲平息才又繼續說下去：

「沒錯，你說的沒錯。因爲那次沉船事件，被他害得損失慘重的中間人十分生氣，到處追查他的下落。可是因爲完全找不到，所以就設計了這次的地下銀幣事件。」

換句話說，只要弄出誇張的地下銀幣騷動，不管那傢伙藏身在什麼地方，他肯定會現身。

「結果呢？」

柳瀨老大一邊喝著啤酒一邊追問。

坐在老大旁邊的雙胞胎則是用力揮舞著藍色加油棒，爲球員大聲喝采！因爲秋山剛好擊出了二壘安打。

「那傢伙終於露出了馬腳。」畫聖說：

「一聽說有地下寶藏，他哪裡忍得住，當然跑到今出新町去了。結果就在回程路上被跟蹤了。不過人是沒有被逮到，只是差點就完了。」

「這件事跟我們有什麼關係呢？」

畫聖瞄了雙胞胎一眼後微笑說道：

「小直和小哲會連續被綁架，實在是令人難以相信。之所以會發生這種事，歸根究柢都怪地下銀幣事件惹的禍。爲了等那傢伙現身能夠立刻逮到人，設計這個事件的中間人叫來了許多品行不良的歹徒和看熱鬧的人來幫忙。也就是說，他召集了許多小混混和犯罪者前來，其中當然也有

一、兩個笨蛋想利用那種缺乏計畫性的綁票來撈一筆。」

說的也是，我懂了。也就是說這不是偶然，而是一種機率的問題。

「所以呢？」柳瀨老大催促畫聖繼續說下去。

「那個自稱是『冒險家』的傢伙現在正走投無路。」

「我想也是吧。」

「不過那傢伙手上有錢，好像是找到了一個金礦，這一次倒是一點危險也沒有。聽說是找到一個肯工作養他的女人。」

「把眼光放遠來看的話，這種才危險吧。」

「也許吧。因此那傢伙現在很需要僞造的護照，他想去歐洲。我和他很早以來便有些交情，很想幫他這個忙，偏偏就是沒有門道。」

畫聖說到這裡便停住了，我等了一下才說：

「我有門道，但是要看情形。我想這種情形得花不少錢才行，你覺得可以嗎？」

「他說沒問題，價錢隨便你開。」

畫聖回答的同時，清原擊出了一記飛向電視牆的全壘打。

對我而言，這是件容易的小事。反正自稱是「冒險家」的男人會和畫聖聯絡，我完全不必出面。賺來的錢則是與畫聖平分。

因此那天晚上我很大方地邀雙胞胎一起住在都心裡的飯店。雙胞胎毫不厭倦地欣賞著東京的夜景，我找他們一起坐在超大的床上玩紙牌。眞是個安詳寧靜的夜晚。

隔天下午，我送雙胞胎回到今出新町的家中。打開大門鑰匙進到屋裡，小直立刻打開所有的窗戶讓空氣流通，小哲則按下收聽電話留言的按鍵。

「喂，我是爸爸。」

一個低沉的聲音這麼說著。我們三個人呆立當場，一動也不敢動地聽著電話留言。

「你們還好嗎？我想知道你們的近況所以才打電話來的，我還會再打來的。」

對方稍微猶豫了一下沒有說話，裡面傳來了輕微的古典音樂聲。我是頭一次聽見電話中的男人聲音，和我之前聽過的任何的男人聲音都不同。

「我曾經想要回家過，過一陣子吧……過一陣子我一定會回家的。你們好好保重。」

留言到此結束。

小哲雙手低垂地看著電話，小直雙手抓著窗簾，呆立在一旁。

過了一會兒，小哲才怯生生地問我：

「爸爸……」

小直也怯生生地接口：

「你是第一次，」

「聽到我爸的，」

「聲音吧？」

我點頭，「嗯，沒錯。」

似乎有一條我看不見的奇妙管線連接了雙胞胎的想法，他們取得了共識，兩人同時都笑了。

「要不然，」

「今天晚上，」

「我們在院子裡烤肉吧？」

「因爲星星很漂亮。」

「這個主意不錯。」我也附議。

那一晚的烤肉晚餐很成功。受到香味的吸引，附近許多鄰居都走了過來，連他們養的狗也跑來湊熱鬧。

在我們頭上那一大片梅雨過後，夏夜正式登場的晴空上，流瀉著一條銀河。能夠眺望那如下雨般的星空，可說是今出新町唯一的優點了。

雙胞胎的父親曾經說過將會回來，我想他應該不會說謊吧？就連他們的母親也很有可能會回家。但是會是什麼時候呢？

這種事情誰也不知道，明天的煩惱明天再說吧。

又有誰會知道銀河的盡頭在哪裡呢？一如我們不知道命運的走向、未來會發生什麼事一樣。就順其自然吧，在到達彼岸前且讓我們隨波逐流吧。

因爲我們這樣子就已經十分幸福了。

解說

溫暖的文字魔術師

冬陽

一般大眾對「推理小說」的印象，或許以爲其中非得具備未知的懸疑、深沉的惡意與血腥的謀殺（這還是英國著名小說兼評論家朱利安．西蒙斯某本重要推理史書書名），裡頭必有個智慧超群、行動力十足的偵探。他的任務是要找出工於心計的狡詐凶手，歷經鍥而不捨的追索，終能撥開迷霧，直指事件的眞相：正義戰勝邪惡，犯人難逃法網……

看完宮部美幸的《繼父》，你可以推翻上述老掉牙的刻板印象了。

在進入這部作品的討論之前，先談談近年來台灣出版（翻譯）推理小說的狀況，相信有助於對本書進一步的認識。

台灣從過去以日本推理小說爲大宗的翻譯作品（林白、希代出版的時代），重心逐漸轉移到推理小說的原鄉英美兩國，並採精選或經營系列作家的方式，從古典（classic）到冷硬（hard-boiled）乃至現代偵探（detective）、懸疑（suspense）、驚悚（thriller）、犯罪（crime）等各個子類型，找出百中選一的精采作品。相較先前缺乏系統的引介，與著重在某些國外暢銷小說的做法，的確拓展了讀者視野，相對也弱化了某些該有的多樣性——日本與短篇推理就是最顯著的兩項。

自江戶川亂步以來，日本從模仿歐美古典推理到自成一格的書寫傳承，有著重邏輯解謎的本格，以及強調採寫實筆法反映生活的社會派等，與西方或有雷同之處，但肯定無法將歐美的理論原封不動地移植到日本推理小說上頭分析，而生孰優孰劣之分。尤其中譯歐美長篇、日本短篇小說居多，後者常散見雜誌上，讀者群易快速流失，許多優秀的作品也未受重視，紛見遺珠之憾。

宮部美幸就是其中之一。

早在獨步出版本書之前，《推理雜誌》便於九二年譯介宮部美幸短篇〈偵探的錢包〉、九五年〈死者的錢包〉、九八年〈好友的錢包〉（長篇小說《很長的殺人》十篇短篇中的其中三篇）。這是一部故事與結構上皆十分有趣的作品，用擬人化的筆法將無生命的錢包設定爲記敘者（story-telling），從十個不同人物所擁有的錢包疊套出一個完整的故事，單獨觀之亦可。而本書《繼父》中的〈多災之旅〉（時譯〈煩惱之旅〉）、〈繼父〉（〈鏡屋之謎〉）、〈僅此一場〉（一場表演）等，也曾翻譯刊載過。海飛麗出版社曾於九四年出版長篇《殺人信用卡》（《火車》，二〇〇五，臉譜），不二出版《魔術在呢喃》（《魔術的耳語》，二〇〇四，商周；二〇〇六年，獨步），兩部宮部美幸長篇代表作當時都未被書市注目，直到一方出版《模倣犯》（《模仿犯》，二〇〇四，臉譜）後，才有不一樣的局面，新一波日本推理小說翻譯風潮自此蔓延。而這部於一九九三年由日本講談社出版的《繼父》，則是帶領讀者進入精采短篇的指標性譯作。

故事從一個行竊失風的小偷，自高處摔至一對十三歲雙胞胎家中說起。這對雙胞胎的父母早已「各自私奔」，留下孩子自行打點日常起居，還得繳房屋貸款。跌斷腿的小偷爲了不被送進監獄，於是答應當起他們的繼父。

宮部美幸不是位因循前人的制式作家，也不是實驗性質強烈的顛覆革命者，但我們可以清楚地從這部小說中，看出她擅以對話控制節奏和鋪陳人物個性，及欲求突破創新的強烈企圖。

首先以雙胞胎爲故事主軸的設定來看，推理小說中常見的雙胞胎，多半以「無明顯個別特徵」

安排詭計，擔任被害者或凶手的角色。《繼父》裡的兩兄弟恰恰相反，分別穿著繡有名字縮寫字母的衣服，出現在臉頰上不同邊的酒窩亦可識別小直、小哲二人，另用「將話拆成兩半說」點出其趣味性，是創意之一。

再者，偵探一角由失風的小偷兼負起「父親」（step-father）職責，既無迫切的被捕危機，對方又不是難以抵抗的勢力（「我」曾放話道：「能夠將你們兩兄弟殺死埋掉！」），還得適時解決雙胞胎遭遇的困境（行李失竊、遭綁架勒贖等），這是爲什麼?

能維繫整部作品不顯做作的原因，該算是作者宮部美幸投注其中的「感情」吧！

不同於大多數的推理作家，宮部美幸的文字是極爲溫暖的（即使描寫到極端凶殘的情節，整體表現還是會回歸到富人情味的光明面），且「沸點」極低，只需簡短的篇幅便能引發讀者將情感投注在人物當中，然後再慢慢醞釀擴大。這一點在短篇小說書寫上是極不容易的。《繼父》裡巧妙配合字數限制，重「謎團」捨「詭計」；控制登場人物的功能書寫，將重心擺在雙胞胎與小偷父親的身上，輔以柳瀨老大、畫聖及灘尾老師等人的登場（他們的身分即一目了然地說明了在故事中的作用），小巧不複雜地經營生活性的謎團，卻又做到多數推理小說執著的邏輯解謎布局，讀來讓人興味盎然。日本重要推理小說家兼評論家，曾任《艾勒里·昆恩雜誌》（*EQMM*，*Ellery Queen Mystery Magazine*）日文版主編的都筑道夫曾評道：「與其被殺人技巧、懸疑情節弄得造作，作者自然的話術增添了作品的趣味。」（《*ALL*讀物》「話術的重要」選評）宮部美幸自己卻說：「有些人能將正統推理小說或殺人手法描寫得十分有趣，但我覺得自己缺乏那一方面的資質。」（出自與荒俣宏對談〈何謂現代驚悚小說〉一文）顯示其避開弱點，展現優勢的自知與自信。

至於宮部當初爲何會想撰寫《繼父》這部連作短篇集（以短篇爲形式，由同一主角貫串整部作品之小說），她是這麼說的：「從以前就一直想寫喜劇犯罪小說，常常一鼓作氣準備要寫，最後還是失敗了。於是想說先從短的故事寫起，看看能不能累積起來，便完成了這部作品。」出版後在日本深受讀者與評論者的喜愛，並以「輕鬆明朗的成人童話」待之，宮部也在幾次訪談中表示「寫出雙胞胎和繼父的故事很愉快」，卻一直沒有續篇出現，直叫人感到可惜。

在宮部美幸的作品中，我們鮮少看到「系列偵探」出現，可見宮部嘗試全方位寫作之餘（還寫了江戶神怪故事，最新長篇《ICO》則把PS 2的遊戲改編成小說），在推理小說的領域有著同樣的堅持，不用保守的經營系列方式刻畫各個可能扮演偵探的人物，平易近人的風格與筆者喜愛的短篇名家佐野洋有高度相似之處。對我而言，她已經不再只是優秀的善說故事者，而是位讓人拍手稱絕的文字魔術師了。

如果說，二〇〇三年的《模仿犯》是台灣對日本推理小說的重新認識——無論對讀者或出版者而言。宮部美幸揮出這強力一擊，撼醒了原本就讀推理，或者根本不看推理的人。個人期待《繼父》這部作品，能影響原本只對福爾摩斯的短篇有印象，進而關注更多的短篇推理的閱讀取向。若讀者要想認識更多宮部美幸，建議去看看她所有中譯作品吧！從扎實的小說中獲取飽滿且愉快的閱讀經驗，進一步介紹作者的資訊也收錄在導讀與解說中，就不在此耗費篇幅再述了。

（本文作者爲從事出版工作的推理小說迷）

宮部美幸

作品集／09

Miyabe Miyuki

繼父

國家圖書館出版品預行編目資料

繼父／宮部美幸著; 張秋明譯 - 二版 - 臺北市：
獨步文化：家庭傳媒城邦分公司發行, 2015〔民104〕
面；　公分. --（宮部美幸作品集；09）
譯自：ステップファザー・ステップ
ISBN 978-986-5651-10-7（平裝）

861.57　　　　103026015

原著書名／ステップファザー・ステップ・作者／宮部美幸・翻譯／張秋明・責任編輯／張麗嫻、陳亭妤・發行人／凃玉雲・總經理／陳逸瑛・出版／獨步文化 城邦文化事業股份有限公司 台北市中山區民生東路二段141號5樓 電話／(02) 2500-7696 傳真／(02) 2500-1967・發行／英屬蓋曼群島商家庭傳媒股份有限公司城邦分公司 台北市中山區民生東路二段141號2樓・讀者服務專線／(02)2500-1966; 2500-1967・服務時間／週一至週五：09：30-12：00、13：30-17：00・24小時傳真服務／(02)2500-1990; 2500-1991・讀者服務信箱 E-mail／service@readingclub.com.tw・劃撥帳號／19863813 書虫股份有限公司・香港發行所／城邦（香港）出版集團有限公司 香港灣仔駱克道193號東超商業中心1樓 電話／(852) 25086231 傳真／(852) 25789337 E-mail／hkcite@biznetvigator.com 馬新發行所／城邦（馬新）出版集團【Cite (M) Sdn Bhd】41, Jalan Radin Anum, Bandar Baru Sri Petaling, 57000 Kuala Lumpur, Malaysia. 電話／(603) 9057 8822 傳真／(603) 9057 6622 E-mail／cite@cite.com.my・封面設計／霧室・印刷／中原造像股份有限公司・排版／浩瀚電腦排版股份有限公司・2005年（民94）1月初版・2022年4月20日 二版五刷・定價／300元
Printed in Taiwan　ISBN 978-986-5651-10-7